노년
끌어안기

La voyageuse de nuit

by Laure Adler

노년
끌어안기

삶의 황혼을 거니는 사람의 고백과 통찰

로르 아들레르

백선희 옮김

마음산책

옮긴이 **백선희**

프랑스어 전문 번역가. 덕성여자대학교 불어불문학과를 졸업하고 프랑스 그르노블
제3대학에서 문학 석사와 박사 과정을 마쳤다. 로맹 가리, 밀란 쿤데라, 아멜리 노통
브 등 프랑스어로 글을 쓰는 주요 작가들의 작품을 우리말로 옮겼다. 옮긴 책으로
『폴 발레리의 문장들』『빅토르 위고와 함께하는 여름』『노르망디의 연』『이제 당신의
손을 보여줘요』『마법사들』『내 삶의 의미』『레이디 L』『흰 개』『웃음과 망각의 책』
『예상 표절』『하늘의 뿌리』『단순한 기쁨』 등이 있다.

노년 끌어안기

삶의 황혼을 거니는 사람의 고백과 통찰

1판 1쇄 인쇄 2022년 2월 25일
1판 1쇄 발행 2022년 3월 1일

지은이 | 로르 아들레르
옮긴이 | 백선희
펴낸이 | 정은숙
펴낸곳 | 마음산책

편집 | 권한라 · 성혜현 · 김수경 · 나한비
디자인 | 최정윤 · 오세라 · 차민지
마케팅 | 권혁준 · 권지원 · 김은비
경영지원 | 박지혜

등록 | 2000년 7월 28일(제13-653호)
주소 | (우 04043) 서울시 마포구 잔다리로 3안길 20
전화 | 대표 362-1452 편집 362-1451   팩스 | 362-1455
홈페이지 | www.maumsan.com
블로그 | blog.naver.com/maumsanchaek
트위터 | twitter.com/maumsanchaek
페이스북 | facebook.com/maumsan
인스타그램 | instagram.com/maumsanchaek
전자우편 | maum@maumsan.com

ISBN 978-89-6090-727-0 04860
ISBN 978-89-6090-729-4 04860 (세트)

* 책값은 뒤표지에 있습니다.

노화는 덤으로 얻는 삶이고,
아직 마르지 않은 저수지이고,
삶을 찬미하고 확대하는 방식이다.

일러두기

1 이 책은『La voyageuse de nuit』(Editions Grasset & Fasquelle, 2020)를 우리말로 옮
   긴 것이다.
2 외국 인명, 지명, 독음 등은 외래어 표기법을 따랐다.
3 본문 아래 적힌 주석은 모두 옮긴이 주다.
4 원서에서 이탤릭으로 강조된 부분은 고딕 서체로 구분해주었다.

차례

당신이 내게 내 나이를 묻는다면
나는 나이가 없다고 대답하겠다.

들어가며

“나는 늙기를 애타게 기다려왔다.
사람들이 내게 거는 기대에서 벗어날
길이 될 수 있겠기에.”

—라르스 노렌*

<hr>

* 스웨덴 출신 극작가, 연출가(1944~2021).

어느 한여름날, 낮잠 시간이다. 휴양지 숙소엔 모두가 자고 있다. 나는 가시덤불 우거진 비탈길을 오른다. 길 꼭대기 바위에 다다르면 물로 뛰어들 수 있다. 내 앞에 한 남자가 달리고 있다. 러닝셔츠와 반바지가 몸에 달라붙었다. 더운 날씨에도 힘들어 보이지 않는다. 호리호리한 몸, 근육이 드러난다. 순간, 욕망이 이는데, 더는 이런 쾌락을 허용하지 않는 내 나이가 저주스럽다. 길 끝에서 남자는 자동차 앞에 멈춰 서더니 트렁크를 연다. 나는 그의 등을 본다. 그는 수건을 꺼내 땀을 닦고 돌아선다. 나이 지긋한 아저씨다. 중년이랄까 아니면 노년이랄까. 눈에 보이지 않고, 개인적이며, 주관적이고 동시에 객관적인 그 경계를 뭐라고 불러야 할지 모르겠다. 그 경계를 넘어서면 자기 자신도 타인들도 더는 속일 수 없는 지점에 이르게 된다. 나는 속았다는 느낌이 든다. 왜일까? 늙은 사람들에겐 젊은 사람을 닮을 권리가 없는 걸까? 늙은이들은 제 나이를 받아들이지 못해서 필사적으로 젊은이들을 모방하는 걸까? 왜 그들은 자기 나이의 진실을 무시하고 기를 써서 늙어 보이길 거부할까? 나이의 진실이란 대체 무슨 의미일까?

*

　나는 몇 살인가? 일흔. 노년이다. 마음 한쪽에서는 이런 생각을 거부할지라도. 나이는 상당하지만 나는, 희망컨대, 아직 확실히 늙지는 않았다고 알고 있다. 일종의 감압실 안에 있는 셈이다. 나이의 영향은 아직 느껴지지 않는다. 살면서 생긴 육체적, 정신적 몇몇 흉터들은 영원히 지워지지 않을 테지만. 나는 바위 위에 눕는다. 왜 나는 오만하게도 여전히 서른 살인 양 착각하는 남자보다 내가 더 나 자신과 일체를 이룬다고 생각할까? 내게 가능성이 주어진다면 몇 살로 살고 싶은지 생각하다가 잠이 든다. 나는 모든 걸 너무 빨리, 너무 일찍 해버렸다. 스무 살에 이미 나보다 훨씬 나이 많은 사람들과 함께 살며 성인의 책임을 짊어진 늙은 성년이었다. 나는 성인들을 흉내 냈지만 제대로 해내지 못했다. 폴 니장*이 말하듯이 "모든 것이 청년을 파멸로 내몬다. 사랑도, 이념도, 가족의 죽음도, 어른들 틈에 끼어드는 일도. 세상 속에서 제자리를 파악하기란 어렵다." 여성에게도 스무 살에 세상

* 프랑스 출신 소설가, 저널리스트(1905~1940).

속으로 들어서는 일은 까다롭다. 어려움을 무시하고 모든 게 잘되어가는 듯이 행동하는 사람일 경우엔 특히 그렇다. 『음모La Conspiration』*의 저자처럼, 스무 살이 삶에서 가장 아름다운 나이라고 말하는 걸 나는 결코 잠자코 듣고 있지 않겠다.

✽

무더운 어느 날, 나는 리옹과 클레르몽페랑 사이 기차 안에 있다. 점심시간이어서 식당 칸으로 향한다. 공휴일이라 거의 텅 비어 있다. 내 앞에 한 남자가 보인다. 그의 휴대전화가 울린다. 남자는 투덜거리며 큰 소리로 전화를 받는다. 목소리가 너무 크다. "어, 그래, 다 잘되고 있지. 그런데 대체 왜 걱정하는 거냐?" 남자의 목소리가 높아지더니 비난이 끝없이 이어진다. 드문드문 보이는 승객은 아무 소리도 못 듣는 척한다. 바에 도착한 남자는 마침내 전화를 끊더니 대뜸 종업원에게 말한다. "내 아들인데, 나를 아주 바보로 알아요. 내가 늙었다고 혼자 여행만 하면 걱정을 해요." 마음을 써주니 좋아하셔야 할 것 같은데요. 종업원 청년이 무척 엄숙하고 심오한 얼굴로 대답하자 남자는 아연한 표정이다. 아마 그런 생각은 한 번도 안 해본 모양이었다.

* 폴 니장의 소설.

우리 사회에서는 누가 노인들을 돌보나? 진짜 늙은 노인들 말이다. 예전에는 늙은이라는 말도 썼는데, 요즘은 감히 그러지 못한다. 대개는 자식들이 부양 책임을 떠안는다. 그러느라 어떤 대가를 치르는가? 어떻게 부양하나? 다시 어린 아이가 되어버린 자기 부모를 언제부터 돌보는가? 부양 책임을 지는 일은 생활 방식이 되고, 강박증이 되고, 번뇌가 되고, 당신도 모르게 나이의 단계를, 그리고 당신이 시간과 맺는 관계를 재평가하게 해주는 연구가 된다. 우리는 어떤 사회에 살고 있는가? 현실—1500만 명 이상의 인구가 60세 이상이라는 현실—을 마주하고도 보지 못하는 맹목 상태에다, 정책 결정 기관들이 때때로 우리의 4분의 1을 돌보고 있다고 믿게 하려 애쓰지만, 사실은 가족들이 일선에서 책임지도록 내버려두는 위선이 판치는 사회가 아닌가?

우리는 고령화 국가에 살고 있고, 국가는 점점 더 고령화되고 있는데, 우리는 그걸 보지 못하는 척하고 있다. 최근 30년 동안 기대수명은 30퍼센트 높아졌고, 늘어난 세월의 80퍼센트는 이렇다 할 능력의 상실 없이 산다. 2050년에는 5백만 명의 여성이 아흔 살이 될 것이다. 2070년에는 인구의 절반이 65세 이상이 되고, 2100년에는 평균수명이 95세에 달할 것이다. 인구통계학자들, 통계학자들, 노인학자들이 말하는 수치들을 여기에 몽땅 끌어 모을 생각은 없다……. 그런데 왜 우리는 민주적 진전이자 질적 도약으로 여겨야 할 현상을—내가 여기서 말하는 대상은 고통받는 노인이 아니라 건강한 노인이므로—집단적 재앙으로, 국가적 슬픔으로, 노인들이 '장악해' '부패한' 우리 사회에 상속자가 부재한다는 기호로 경험할까? 왜 우리는 노인을 존경하기보다는 겁내고, 그들의 말에 귀를 기울이기보다는 그들을 숨길까? 왜? 부끄러운 걸까? 이 현상을 말없이 받아들이면서 우리는 무얼 잃을까? "인간은 사물이 아니다. 따라서 그저 수단으로 취급될 수 있는 대상이 아니므로, 인간은 모든 행위에서 목적 자체로 고려되어야 한다." 이마누엘 칸트가 이 말을 한 건 3세기 전이다. 노인을 쓰레기통에 집어넣어야 할 존재로, 잉여 수량으로 간주하면서 우리는 인간성을 잃는다. 유럽의 다른 나라들은 노인을 배려 대상으로 여기는데, 이 나라에서 노인은 거추장스러운 몸이 되었다. 노년은 흥미롭지도 않고, 심지어 거북스러운 주제여서 차라리 덮어두고 얘기하지 않으려 한다. 노년은 귀가 먹먹할 정도로 시끄러운 침묵이다. 노년은 절규하는 절망이다. 그렇지만 노년은 중요한 주제다. 나이와 상관없이 우리 모두와 관계된 중대한 주제다. 시민의 노년. 노년과 온정, 노년과 헌신. 노년은 우리가 타인들과 맺는 관계를 결정짓는 합당하고 탁월한 원리다. 우리 모두에겐 포스트모던 시대의 쓰레기통에 던져지지 않고 늙기를 바랄 권리와 능력이 있다.

✻

이 탐구를 이어오는 동안 내가 주제를 얘기하면 사람들은 몇 번이고 말했다. 안 무서워? 근데 정말 슬픈 주제다! 너, 마조히스트야 뭐야? 왜 그렇게 집요하게 그 문제에 매달리는 거야? 그런 얘기는 아무도 듣고 싶어 하지 않아……. 그러나 나는 이 연구를 하는 내내 재미있었고, 게다가 시몬 드 보부아르를 말년에 사로잡았던 주제를 다시 붙든 것뿐이다. 『노년』이라고 제목 붙인 보부아르의 책이 출간되었을 때 반응은 조용한 편이었지만, 저자는 이 탁월한 저작에서 침묵의 결탁을 깨고 싶어 했고, 노인들을 무시하고 학대하는 사회의 위험성을 염려했다. 오늘날 상황은 더 나빠져 무관심은 커졌고, 경제적·사회적 불평등은 명백히 심화되고 있다. 노화는 부자들에게는 기껏해야 결점이 되지만, 대부분의 사람들에게는 불행이고 쇠퇴이며, 가장 취약한 사람들에게는 재난 같은 삶을 의미한다. 이 상징적 배제는 여러 이유로 불안하다. 정치적, 경제적, 사회적 이유 말고도 산다는 것, 세상에 존재한다는 것의 정의와 의미를 생각해도 불안하다. 우리는 연령층의 비인간적 체계를—최고령 인구가 증가하고 있다—저항도 없이, 다른 곳에는 존재하는 해결책들을 써보지도 않고 계속 지켜만

볼 것인가? 나는 그렇지 않으리라고 생각한다. 우리나라에는 말없이 모범적으로 일하는 남녀 간병인이 많은데, 그들은 유행병이 도는 동안 감탄스러운 활약으로 내 생각에 힘을 실어주었다. 가족이라는 구조가 여전히 훌륭하게 잘 버티고 있고, 여러 단체 조직이 점점 더 상상력 풍부하고 창의력 넘치는 형태로 늘어나고 있으며, 의사와 연구원 들은 눈에 띄지 않게 된 이 노년층을 돌볼 새로운 수단을 발견하며 나날이 나아가고 있다.

＊

우리는 언제나 누군가의 할머니이거나 할아버지이다. 미리 준비하는 편이 좋을 것이다.

＊

동네 시립 수영장에서 나는 평영만 하도록 마련된 레인에서 수영을 한다.

보란 듯이 배영을 하는 문신 많은 건장한 어깨들이 거의 오지 않는 일요일 오후에 그곳을 찾는다. 내 나이의 한 여성이 평온하게 어느 삼십대 남자를 추월한다. 한 번, 두 번, 세 번. 동작이 우아하고 효율적인 걸 보니 한때 챔피언이었나 싶다. 남자가 수영장 한가운데에서 부인이 지나는 길을 가로막아 속도를 늦추게 만든다. 그녀는 숨을 들이쉬더니 물밑으로 통과해 계속 수영을 한다. 남자가 다시 반대편에서 그녀를 가로막더니 수경을 벗기고는 얼굴에 대고 소리친다. "우리보다 잘하는 척하려고 얼쩡거리지 말고 꺼져, 늙은 년아!" 부인은 아무 말 없이 발판으로 올라가 슬리퍼를 신고 사라진다.

노년에 대해 참으로 멋지게 말한 빅토르 위고의 표현을 인용하자면 이 책에는 '목격담'이 실릴 것이다. 이 책은 박식한 책이기보다는 작가 노트에 가깝고, 문학과 시의 나라를 돌아보는 애정 어린 유랑에, 여러 만남의 매력과 질문의 우연에 열린 탐구에, 이른바 '요양' 장소들에서 이루어지는 탐구에 가깝다.

나는 나이를 먹었는가? 그건 어떻게 '먹는' 걸까? 왜 우리는 대개 나이를 의식하고 싶어 하지 않을까? 우리는 어떤 신호를 보고 고개를 넘어섰다고 생각할까? 어떤 신호를 보고 대서양의 경계를 무사히 넘어섰으니 이제는 바다에서 안전하게 헤엄쳐도 좋다고 생각할까?

내가 아주 어렸을 적에 증조할머니가 8월 15일 성모 승천 대축일을 기념하기 위해 나의 조부모님 집에 오셨던 게 기억난다. 증조할머니는 흔히들 말하는 노처녀였다. 우중충한 색의 옷을 입고, 보풀 많은 두꺼운 모직 양말을 신고, 살짝 시든 제비꽃 향기를 풍겼다. 특히 기억나는 건 입 주변에 난 털이었다. 매번 케이크를 가져오는 증조할머니께 감사드리기 위해 뽀뽀를 해야 할 순간이 닥쳤다. 그때 내가 느꼈던 끔찍한 두려움에 대해서는 입도 뻥긋하지 못했다. 노인에 대해 소리 내어 말하는 건 무례한 행동이었기 때문이다.

우리 할머니는 젊어서 혼자가 되었다. 할머니는 남편이 세상을 뜨자마자 노인이 되었다. 사람들이 '노인 차림'이라고 부르는 옷차림을 하고 다녔는데, 파리의 옷가게 '라 벨 자르디니에르'의 특설 매장에서 구매한 것이다. 할머니가 자신에게 허용한 유일한 사치는 옷에 건 흑옥 보석이었다. 할머니는 다른 모든 나이 든 부인들을 닮았다. 옷 아래 감춰진 그들의 나이를 짐작할 수가 없었다.

나는 정말 늙은 걸까? 누구의 눈에 늙은 걸까? 나 자신에게는 때와 상황에 따라 다르다. 변한다. 그러나 타인들의 눈에 내 운명은 아마도 오래전에 이미 봉인되지 않았을까?

내가 어쩌지 못하는 한 가지가 있다면, 그건 내 나이다. 물론 나는 속일 수도 있고—신분증을 위조하는 위험까지 무릅

쓰는 사람을 몇몇 알고 있다─거짓말을 할 수도 있고, 나이를 밝히지 않을 수도 있다. 일부 배우들이 출생일을 밝히기를 꺼린다는 사실은 흥미롭다. 그런다고 자신들이 그걸 잊을 리 없건만. 타인들에게만 젊어 보이면 되는 걸까? "제 나이로 보인다"라는 표현이 있다. 이 말은 아주 터무니없어 보인다. 우리는 결코 자기 나이처럼 보일 수 없다. 때에 따라 '그렇게 보인다고' 생각하든지 아직 '그러지 않다고' 생각할 뿐이다. 분명히 나는 내 주민등록상 나이를 갖고 있다. 그렇다고 그걸 실감하거나 믿는 건 아니다. 사실 나는 내면에 온갖 나이를 갖고 있고, 내 얼굴에는 다른 사람들이 부여한 나이가 있다. 결정하는 건 내가 아니다.

✴

　마르그리트 뒤라스는 문학에서도 범주 밖에 자리했듯이 생애 말기에는 나이 바깥에 있었다. 그녀는 스스로 스무 살 때 이미 늙었으며, 그 시절에 그녀의 얼굴은 영원히 파괴되었다고 말했다. 스스로 알다시피 그렇다고 괴로워하지 않았다. 오히려 그 점을 이용해 자신보다 훨씬 어린, 나이 많은 여자들에게 끌리는 젊은 연인들을 선택했다. 따라서 그녀는 늙는다는 느낌을 받지 못했다. 『연인』 도입부에 그녀는 이렇게 쓴다.

어느 날, 나는 이미 늙어 있었는데, 어느 공공장소 홀에서 한 남자가 나를 향해 다가왔다. 남자는 자기소개를 하고 나서 이렇게 말했다. '저는 오래전부터 당신을 알고 있었습니다. 당신이 젊었을 때 무척 아름다웠다고 모두가 말합니다만, 저는 당신이 젊었을 때보다 지금이 더 아름답다고 말해드리고 싶어 왔습니다. 저는 당신의 젊은 얼굴보다 거칠어진 지금의 얼굴이 더 좋습니다.'

어제 한 친구가 우리 집 아래 시장에서 줄을 서 있는데, 아주 나이 많은 아저씨가 양해도 구하지 않고 새치기하는 걸 보고는 들릴 만큼 큰소리로 툴툴거렸다. "아, 저런 노인네들을 나는 도무지 견딜 수가 없더라고. 어려서부터 혐오감을 느꼈는데, 지금까지 그래." 나는 일흔여덟 살인—아직 기운이 성성하긴 해도 일흔여덟 살인—그 친구도 이미 오래전부터 같은 범주에 속한다는 말을 차마 하지 못했다.

✺

우리는 자신이 늙는 걸 느끼지 못한다. 노화는 삶의 증대일까, 감소일까? 경험의 퇴적일까? 우리의 활력에 연이어 가해지는 충격일까?
우리는 몇 살에 노화가 시작되는지 여전히 알지 못하며,

아마 끝내 알지 못할 것이다. 마르셀 프루스트는 시공간적 여건 속으로 우리를 끌어들여 실존의 박동을 느끼게 해준 인물이다. 그가 우리를 우리의 정신 내부로 이끌었고 그의 말 덕에 우리는—때로는 달콤한 악의를 느끼며—다른 사람들이 어떻게 늙는지 확인하지만, 우리 또한 동일한 이야기 속에 연루되었다는 사실은 깨닫지 못한다. 어쨌든 타인들의 시선에는 그러한데, 자기 자신의 내면에서는 딱히 그렇지 못하다. 40년 전부터 이미지들로, 슬로건들로, 일방적인 결정들로 우리에게 명령을 내리는 사회에서 우리가 몇 살로 보이는지 어떻게 알겠나? 젊음이 다양한 모델 중 하나가 아니라 유일한 모델이고, 유일하게 갈망할 만한 모델, 우리의 가치들을 구현하고, 우리의 취향들을 결정하는 유일한 모델인 사회, 우리의 항구적인 자기 초월 희망과 기대를 표상할 수 있는 유일한 모델인 사회에서.

그런데 일부 청년들은 이미 스무 살부터 애늙은이가 되어버린다면 어떨까? 그리고 우리 노인들도 미래를 그릴 수 있으며, 그것도 사람들이 우리를 위해 준비해둔 제한된 미래가 아니라면 어떨까? 우리에겐 주장하고 희망할 권리가 있다. 비-주체처럼, 해가 떨어지면 슈퍼마켓 직원들이 쓰레기통에 던져버릴 유통기한 지난 물품처럼 취급당하는 걸—때로는 50세부터—받아들이지 말자.

　　나는 제 부모를 보고 자란 세대에 속한다. 어머니의 언니는 외할머니를 부양하고 돌보는 일을 떠안았는데, 할머니는 상당히 젊은 나이에—50년 전 예순 살에—심각한 우울증을 앓아서 꼼짝 않고 소통도 없이 그저 웃기만 했다. 나는 온종일 꼼짝 않고 거실 안락의자에 앉아 지내던 할머니의 새파란 눈과 미소에 어린 슬픔을 기억한다.

　　며칠 전 나는 생일 축하 인사를 하려고 엄마에게 전화를 걸었다. 엄마는 아흔두 살이 되는 건 추잡스러운 일이지 기념할 일이 아니라며 좋아하지 않았다. 추잡스럽다는 말은 엄마가 쓴 말이다. 이 형용사의 폭력성을 내가 이해하지 못한다는 걸 확인하고서 엄마는 고쳐 말했다. 우스꽝스럽다고. 엄마는 마치 이 세상에 아직 남아 있는 걸 용서라도 구하는 듯했다. 나이 밖에, 한계 밖에, 시간 밖에 남아 있는 걸. 아흔둘은 너무, 너무 많아. 엄마는 웃으며 덧붙였다.

지난여름, 오후가 끝나갈 무렵, 망루 앞 인적 없는 광장에서 벤치에 앉은 나이 많은 노인 한 분이 8~9개월쯤 되어 보이는 아기를 무릎에 앉혀놓고 있었다. 독일어권 스위스의 이 중세 도시는 축제 분위기였다. 카페마다 사람들이 노래를 부르며 술을 마시고 있었다. 노인과 아이만 조용히 얘기를 나누며 지평선을 바라보고 있었다.

별 특징 없는 늙은 남자보다 나쁜 건 늙은 여자다. 늙은 여자보다 나쁜 건 가난한 늙은 남자다. 가난한 늙은 남자보다 나쁜 건 가난한 늙은 여자다. 오늘날 가장 취약하고 가장 위험에 노출된 계층이 이런 여성들이다―그 수는 점점 더 늘고 있다. 이들은 거의 없는 것이나 마찬가지인 미미한 연금을 받는, 법의 사각지대에 놓인 주체들이 되었다. 이들은 구호단체들의 노력에도 불구하고 적절한 조건에서 생활하지 못한다. 내가 이 책을 쓰는 건 바로 이들을 위해서이고, 공공 병원이나 노인요양시설EHPAD에서 만난 여성들, 좀 더 나은 대접을 받고 싶다는 희망의 눈길을 내게 보낸 그 모든 여성을 위해서다.

나이 감각

"넌 언제부터 늙었니? 내일부터."

—엘리아스 카네티[*]

『죽음에 맞서는 책Le Livre contre la mort』

[*] 불가리아 출신 독일어권 작가로 1981년 노벨문학상을 수상했다(1905~1994).

우리는 새로운 시대를 살고 있다. 네 세대 혹은 다섯 세대가 동시에 살아 있을 수 있는 시대다. 우리가 모두 똑같이 생명력을 갖췄으니 삶을 정의하는 방식도 똑같을까? 자기 삶을 사는 건 언제나 힘든 일이었고, 흘러가는 시간과의 관계를 체험하는 일은 격투스포츠와 같다. 그러나 광고는 세대들의 뒤섞임을 자랑스레 떠들어댄다. 상당한 세월 동안 어머니들이 딸들처럼 옷을 입게 하는 경향이 일고 나서 이번에는 할머니들이 더는 '할머니'처럼 보이지 않도록 기를 쓰고 젊어 보여야만 했다. 유행을 좇는 칠십대 할머니는 이제 음식, 스포츠, 옷 입는 방식과 표현 방식, 심지어 유혹하는 방식까지 신경 쓰느라 과중한 일과를 감내해야 한다. 늘어나는 시니어들의 만남 사이트에서 새 연인을 골라 서둘러 상대에게 응답하지 않으면 당신은 그저 보잘것없는 성과에 만족하고, 자신의 매력을 스스로 충분히 믿지 못하는 사람이 된다. 일부 요양원들이 점차 들여놓는 노래방 기계는 프란체스코 성인의 삶에 대한 강연보다 인기가 좋다. 또 다른 요양원에서는—안타깝게도 아직은 수가 많지 않은데—남녀 입주자들이 낮잠 시간에 안 자고 배회하는 것도 허용하고, 유일하게 내밀한 장소인 침실에 관리자들이 노크 없이 불쑥 들어가는 일도 없다.

이 세대 간의 유사성이 노인들을 고려하는 데 이롭지 못하다면 청년들을 고려하는 생각에도 마찬가지다. 외모와 능력의 거짓되고 인위적인 균질화는 우리 모두의 품위를 떨어뜨리고, 우리가 세상과 맺는 관계를 구성하는 개인적 특성들도 지운다.

경주 끝에 다다른 늙은 영혼과 몸의 풍요로움은 막대하고 장엄하며 놀랍다. 이제 남은 날들에서 일상에 빠져들수록 나는 아주 사소한 것들에 관심이 간다. 얼굴, 몸, 몸짓, 운명…… 우리는 자신을 발견하길 멈추지 않는다. 시간과 나의 관계는 변했다. 나는 시간 속에 들어섰다…….

『기쁨Plaisirs』이라는 대담집에서 88세의 도미니크 롤랭이 표현한 이 격렬한 기쁨은 안타깝게도 모든 사람을 위한 것이

ⓒ 이유라, 〈Bye Bye My Blue〉 | 『노년 끌어안기』 **마음산책**

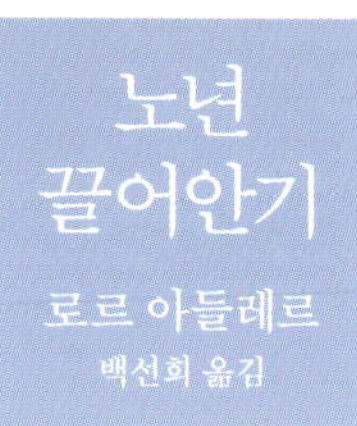

『노년 끌어안기』를 고르신 독자님의 나이가 궁금합니다. 아직 젊음에 머물러 있다면 노년을 상상해본 적 있으신가요? 혹은 노년에 접어드셨나요? 시간이 흐르고 나이가 들수록 우리는 몸의 변화, 마음의 변화, 그리고 사회의 시선 변화를 실감하게 됩니다. 살아 있는 한, 인간이라면 누구나 겪게 될 과정일 테지요.

로르 아들레르는 프랑스의 저널리스트이자 작가로, 일흔에 발표한 이 책을 통해 노년에 대한 이야기를 풀어놓습니다. 노화라는 사건을 둘러싼 저자 본인의 경험담, 주변 지인들의 이야기, 사회의 편견과 변화를 다채로운 시각으로 써 내려갈 뿐 아니라 보부아르나 아니 에르노, 마르그리트 뒤라스 등 프랑스 지성들의 문학적 증언을 더하여 한 권의 우아한 에세이를 완성합니다. 노년에 대한 짤막한 글들이 마치 조각보처럼 이어지는 그의 글은, 색색의 콜라주를 보는 듯 흥미롭습니다.

노화는 건강 등 많은 것을 상실하게 하지만, 보다 섬세한 시선과 자유로움으로 우리를 이끌기도 하지요. 누구나 언젠가 도달할 미래, 노년에 관한 사유를 읽으며 이 계절을 건너가보시는 건 어떨까요.

마음산책 드림

아니다. 건강해야 하고, 의연해야 하고, 행복을 향한 견고한 애착이 있어야 한다. 노년의 행복과 충만은 모든 풍토, 모든 문명에 존재한다. 늙는다는 건 질병이 아니라 나이 감각이며, 그 감각은 정신적, 물리적, 지리적 지표들에 따라 달라진다. 우리는 일정한 나이부터 모두 이 경험을 하는데, 그 나이는 무척 다를 수 있다. 어느 화창한 날 우리는 늙었다고 느끼거나 느끼게 될 것이다. 그 느낌은 고약한 상투어처럼 스쳐 지나거나 거듭 떠오를 수 있다. 샤토브리앙은 스물일곱 살에 젊음이 완전히 멀어지는 걸 보았다. 귀스타브 플로베르는 서른여섯 살 생일에 스스로 노인이 되었음을 깨닫는다. 그는 친구인 르루아예 드샹트피*에게 보내는 편지에 이렇게 쓴다. "……사물들은 절로 낡았어요. (…) 이제 나도 사물처럼 낡습니다. 나날이 손상되고, 자신감도…… 우리가 공기를 마시듯 호흡하는 막연하고 거대한 기운에 대한 느낌도, 이 모든 것이 점점 쇠퇴합니다." 버지니아 울프는 1940년 12월 29일에—당시 58세였다—일기장에 이렇게 쓴다. "나는 노화의 지속성을 혐오한다. 그것이 다가오는 게 느껴진다. 신경이 날카로워진다."

*

* 마리소피 르루아예 드샹트피. 플로베르와 19년 동안 서신을 주고받은 19세기 프랑스 작가.

나이는 감각이지 실재가 아니다. 그 감각은 어느 날 잠에서 깨어날 때, 혹은 까닭 모를 피로가 덮쳐올 때, 혹은 어느 길모퉁이를 돌아서다가 무심코 본, 진열창에 비친 당신의 모습이 당신이 상상한 것보다 훨씬 구부정할 때 덮쳐올 수 있다. 아니면 타인이 당신에게 그 감각을 떠안길 수도 있다. 아이들은 이 방면에서 잔인하기 이를 데 없어서 당신을 완료형has been의 수용소에 처박고도 아무런 죄책감을 느끼지 않는다. 예의 바르게 자란 청년들도 예절 의무를 다할 생각으로 당신을 쉽사리 보호 대상인 약자로 여긴다. 만원 버스에서 내게 자리를 양보해 온종일 내 기분을 망쳐놓은 청년처럼. 그런가 하면, 공사장을 따라 걷던 내게 인부들이 유쾌하게 휘파람을 분 그날 아침은 잊고 싶지 않다. 인부들이 내 뒷모습만 보았고, 내가 뒤를 돌아보지 않은 건 사실이지만 그래도 그날 온종일 나는 바보처럼 기분이 좋았다.

✼

거울을 보는 시련은 언제나 치명적이다. 꼭 자신을 바라보지 않고 그저 보기만 하는 데도 용기가 필요하다. 우리 눈앞에 보이는 얼굴 위에 얼마나 많은 유령의 얼굴이 포개질까? 몇 달 전, 나는 주유소 화장실에서 손을 씻다가 문득 눈앞에서 누군가를 보았다. 이마에 가로로 팬 주름, 입가 오른쪽에 특히 선명한 주름, 눈의 윤곽을 가리는 커다란 안경. 그 인물은 나와 공통점을 지닌 듯 보였다. 나는 뒤를 돌아보고서야 내가 본 타인이 거울 속의 나라는 사실을 깨달았다. 내가 안경을 잘못 써서 흐릿하게 보인 것이다.

늙는다는 건 옅은 안개가 현실을 살짝 가리듯 모든 걸 조금 흐릿하게 보기를 받아들이는 일이 아닐까?

*

장뤼크 고다르는 점점 달아나는 현실을 사는 한 인간의 항해일지이자, 나이가 허용하는 자유, 모든 관례를 무시할 자유에 대한 찬가이며, 모든 유형의 포기에 대한 격분의 시이고, 그림을 향한 사랑의 외침인 영화 〈언어와의 작별〉에서 닻줄을 풀고, 새로운 언어를 만들어낸다. 클로드 모네가 눈이 멀던 순간에 〈수련〉을 그리며 말한 이 문장을 노자로 삼고. "눈에 보이는 것을 그리지 말고, 보이지 않는 것을 그릴 것. 우리는 아무것도 보지 못하므로."

우리가 아직 현실 속에 존재하긴 하지만 덜 예리하고, 더 혼란스러운 방식으로 존재하는 듯한 느낌, 우리에게 자명한 사실처럼 주어졌지만 생각해봐야 할 것, 그것이 늙는 것일

까? 늙는다는 건 세상과 결별하는 일일까? 덜 명료하게 보
게 되면서 세상과 나 사이의 균형은 달라진다. 노년으로 열
리는 그 문을 어떻게 열어둔 채 유지할까? 노화를 거부하지
말아야 하고, 그것에 익숙해지지 말아야 할 것이다.

＊

　나는 내가 얼마나 변했는지 깨닫지 못했다. 노화가 무엇인
지 이제야 알았다. 노화는 모든 현실 가운데 아마도 우리가
살면서 가장 오랫동안 추상적인 개념처럼 여기는 현실이다.
(…) 청년이 된, 친구의 손자를 우리가 무심코 동료처럼 대할
때 할아버지처럼 보이는 우리가 저를 놀리는 줄 알고 청년이
웃는 날에야 우리는 노화를 실감한다.

　마르셀 프루스트는 『되찾은 시간』에서 자기 나이를 아는
것이 어떤 감동의 성격을 띠며, 그것이 의도적이건 비의도적
이건 노고라는 걸 느끼게 해준다. 우리는 자기 나이를 명백
한 사실로 여기지 않는다. 대개 사람들이 우리에게 나이를
일깨워준다. 사람들은 훈계하듯 우리 나이를 일러주거나 이
해시킨다. 혹은 본능적으로는 스스로 청년이라고 '느끼'지만,
더는 청년이 아니라는 사실을 실감하는 『잃어버린 시간을
찾아서』의 화자처럼 별안간 스스로 깨닫거나.

세월이 우리를 규정하는 게 아니다. 주민등록이 우리의 정체성을 만드는 게 아니다. 우리가 살면서 축적해온 경험이나 추억이 우리와 세상의 관계를 구축하는 게 아니다. 우리는 자신이 늙었다는 사실을 알아도 그렇게 느끼지는 못한다. 어쨌든 항상 느끼지는 못한다. 젊었을 적엔 스스로 늙었다고 느낄 때도 있었다. 늙어서 가끔은 스스로 젊다고, 아주 젊다고 느끼기도 한다. 늙었다는 사실은—누구도 반박할 수 없는 객관적 사실이므로—나이에 대한 우리의 인식과 혼동되지 않는다. 이런 의미에서 내가 나이 감각이라고 부르는 것이 존재한다. 우리 가운데 누구도 자신의 나이로 환원되지 않는다. 게다가 우리는 같은 날에도 여러 나이를 지닐 수 있다. 사회가 우리에게 나이를 부여하며 끊임없이 경계경보를 보낼지라도 우리는 마음속에서 그 나이를 벗어날 수 있고, 현재가 우리에게 제시하는 현실을 살기 위해 대개들 그렇게 한다.

우리는 노화의 순간에 '설욕'을 할 수 있다. 의식하는 혹은 반쯤 의식하는 속박은 점차 사라지고, 상상계가 우세해진다. 점점 더 자신을 믿게 된다. 더는 나이를 먹지 않는 듯한 느낌이 날개를 달아 우리는 이제 오직 우리 자신만 신경 쓰면 된다. 삶의 주기에, 우리 삶의 순환주기에 도전하는 느낌이 든다.

"마흔 살은 청춘의 노년이지만, 쉰 살은 노년의 청춘기다."
—빅토르 위고.

테레즈 클레르*는 몽트뢰유에 '여성의 집'을 설립하고, 그
후엔 연대의식과 생태학과 자기관리에 토대를 둔, 나이 많은
여성들을 위한 요양원인 '바바야가**의 집'을 설립했으며, 노
년에 관한 모든 지식을 전수하는 대학을 창립한 인물이다.
성숙한 나이에 이르러서야 자신의 '진짜' 삶에 눈뜨게 되었
다. 그녀는 사회가 강요한 결혼 생활, 사회적 외모, 틀에 박힌
행동들을 떨쳐버리고, 자신의 동성애 성향을 공개적으로 밝
히고, 열렬한 페미니스트가 되었으며, 어머니가 병들자 당신
의 노년을 행복하게 해주기로 마음먹었다. 그녀가 세상을 뜨
기 2년 전인 2014년에 내가 이 탐구를 시작했을 때 그녀는
이렇게 속내를 털어놓았다. "우리 늙은 여자들은 깨친 전위대
이지요. 늙은 세상은 우리 뒤에 있고, 우리는 새로운 세상을

---

* 낙태와 피임의 자유를 위한 운동에 앞장선 프랑스의 페미니스트(1927~2016).
** 슬라브 신화에 등장하는 마녀.

맞으러 달려갑니다. 우리는 늙은 다리로 달리는데, 우리의 다리는 덜 빠르되 효율적이고, 중요한 건 머리가 여전히 효율적으로 작동한다는 겁니다. 창조하고 발명하고, 관습적인 것들, 고정관념들에서 벗어나야 합니다. 나는 내 삶이 대단히 열정적이라고 생각합니다. 이 나이에도 고삐 풀린 암망아지처럼 우리가 아직 망가뜨리지 않은 풀밭을 가로지르며 질주하니까요. 남자들은 과거에 매달리는 경향이 있습니다. 그 과거가 그들에게는 위엄 있는 것으로 보이겠지만 제 눈에는 남루해 보여요. 우리 여자들은 미래의 씨를 뿌리고, 새로운 사회가 도래하게 하려는 사람들이지요."

마르그리트 뒤라스는 결코 자기 나이에 신경 쓰지 않았고, 성적 욕망을 비롯한 강렬한 욕망을, 삶이라는 술잔을 마지막 한 방울까지 맛보려는 욕망을 아주 늦게까지 몸으로 느꼈다. 그렇다고 그녀가 지난 시간을, 눈부신 청춘기의 시간을, 아름다움의 시간을 기억하지 않은 건 아니다. 향수를 느끼지 않은 건 아니다. 그녀의 비밀은 바로 이것이다. "나는 지금까지도 나 혼자만 볼 뿐, 한 번도 말해본 적 없는 그 이미지를 생각한다. 그것은 언제나 한결같이 감탄스러운 침묵 가운데 있다. 그것은 내 마음에 드는 나의 모든 이미지 가운데 내가 나를 알아보고 흡족해하는 이미지다." 마르그리트는 수맥을 탐지하는 재능으로—그녀는 정말 땅속 어디에 물이 있는지 찾아낼 줄 알았다—시간을 주시했고, 세월을 적으로 여기지 않았다. 그녀는 물리적 죽음 따위엔 아랑곳하지 않았다. 글쓰기가 중단되는 걸 더 최악의 일로 두려워했다. "글을 쓰지 않을 때는 절대 닫히지 않는 숲속을 나아가야 한다. 닫히는 숲에서는 갇히기 때문이다." 그녀는 마지막 숨을 내쉴 때까지 글을 썼으며, 거의 죽었다가 여러 차례 다시 돌아와 경계의 지혜를, 유독한 통찰력을, 산 자들에 대한 맹렬한 질투를 펼쳐 보인다. 더는 정말 산 사람이라고 보기 어려운 그녀는 선사시대 나이의 힘을 발휘한다. "해보라고. 당신들은 나를 꺾지 못해. 난 여기 살아 있지 않으니까. 그 누구에게도 그렇고. 심지어 나에게조차."

❋

늙는다는 것—'잘 늙는다는 것'—은 시간을 피해 달아나지 않는 지혜가 아닐까?

광대들이 공연할 때 우리가 운다면
연주자들이 연주할 때 우리가 비틀거린다면
시간은 그저 말하리라. 내가 분명히 말했지.

누구도 미래를 예견할 수 없지만

내가 얼마나 그대를 사랑하는지

아, 할 수만 있다면, 그대에게 말해줄 텐데.

어디선가 바람은 불어야 하고

나뭇잎들이 썩는 걸 설명해야 하지.

시간은 그저 말하리라. 내가 분명히 말했지.

어쩌면 장미는 정말 좋아서 피는지 몰라.

어쩌면 환영은 정말 머물고 싶은지 몰라.

아, 할 수만 있다면. 그대에게 말해줄 텐데.

가령 사자들lions이 도망치고

온 시냇물과 군인들이 달아난다면

시간은 그저 말하리라. 내가 분명히 말했지?

아, 할 수만 있다면. 그대에게 말해줄 텐데.

    —W. H. 오든, 「그대에게 말할 수 있다면If I could tell you」.

✳

쉰 살이 되던 날 나는 늙기 시작했다. 그건 난폭한 느낌이었다. 그날 나는 빼기를 이해했다. 앞으로 살 날도 줄어들 테고, 기운도, 욕망도, 활력도 줄어들 것을 이해했다. 공제는 시작되었다. 내면의 시계가 달라졌다. 그러나 나는 그동안 무엇 하나 우연에 맡겨두지 않았다. 내가 고른 풍경을 좋아했고, 내 출생 시간에 알람을 맞춰두었으며, 수십 년째 읽고 있는 책을 다시 읽었고, 편백나무 숲을 걸었다. 저녁에 친구들이 찾아왔는데 정전이 되자 우리는 집 밖으로 나가 별이 총총한 하늘 아래 자동차 전조등을 켜두고 지직거리는 라디오 음악에 맞춰 즉흥적으로 격정적인 록댄스를 추었다. 그렇다고 달라지는 건 없었다. 입속에는 쓴맛이 감돌았고, 이전 삶이 무미하다는 느낌이 들었다. 마치 내게 주어진 것을 비껴지나온 것만 같았다. 사실 나는 내게 남은 시간을 '계산'했고, 25년을 예상했다. 이제 곧 그 시간에 가까워지고 있다. 오늘날 프랑스에서 태어나는 여자아이는 100세를 누릴 '가능성'이 많다. 나도 내게 시간을 조금 더 내줘야 할까?

우리는 스스로 끊임없이 만들어내는 영화의 연출자일까? 대충 취합한 순간들을 사는 걸까? 우리가 예전처럼 지각의 지속성을 유지할까? 도미니크 롤랭은 노년이 되면 진짜 기억은 멀어지고, 시간과 박자를 달리 맞추는 두 번째 기억이 자리 잡아, 그저 피할 길 없는, 따라서 생각할 수 없는 자신의 소멸이라는 생각에 차츰 길들게 된다고 말한다. "엄청난 강물에 휩쓸리며 나는 저항하면서도 일종의 유쾌한 분노를 느끼며 말로써 동의한다. 광채와 상심이 뒤섞인 사랑을 내 안에 간직한다. 멋을 부린다."

나탈리 사로트*는 자신이 별 지장 없이 노년에 이른 것에 아연해했다. 작가는 『굴성屈性Tropismes』에서 노화에 대해 탁월하게 잘 말했는데, 당시 '신인 작가'이면서—첫 책이었다—우리 인식의 경계에서 벌어지는 불가해한 변화를 환기하며 통찰력과 자기 성찰과 유머로써 노화의 모든 단계를 살펴볼 줄 알았다. 그녀는 노년을 축복처럼 체험했고, 여든셋의 나이에 『어린 시절Enfance』를 썼다. 이 눈부신 작품에서 그녀는 눈에 보이지 않는 걸 드러내고, 어린 그녀가 세상을 배우는 실습장이었던 정신적 궁전을 말로써 말끔히 정돈해냈다. 노화는 거의 탄생의 시점으로 발가벗고 돌아가게 한다. "그래서 정말 그럴 생각이에요? 어린 시절의 기억을 환기할 생각이냐고요? (…) 이 말이 거슬려서 좋아하지 않겠지만, 꼭 들어맞는 건 이 말뿐이라는 걸 인정해야 해요. 그러니까 당신은 (…) 기억을 떠올리고 싶은 겁니다. 비비 꼴 것 없어요. 분명히 그거예요."

그녀의 아파트로 찾아갔던 일이 기억난다. 그녀는 글 쓸 때

<hr>

* 20세기 중반의 프랑스 누보로망을 대표하는 작가 중 한 사람.

즐겨 찾는 맞은편 카페로 가자고 했다. 나탈리는 박자를 맞춰 걸었다. 횡단보도를 건너는 일은 큰 모험 같았다. 나탈리는 조심조심 걸음을 내디뎠다. 건너편에서 웬 부인이 감탄과 빈정거림이 섞인 듯한 표정으로 나탈리를 지켜보았다. 그녀가 마침내 건너편에 이르자 부인이 요란하게 박수를 보냈다. 나탈리는 툴툴거렸다. "웬 오지랖이람. 저 여자는 자기가 뭐라도 되는 줄 아나? 늙는다는 건 쪼그라들었다는 인상을 주지 않고 전에 하던 대로 계속할 줄 아는 겁니다. 내 머릿속에서 나는 여전히 열여덟 살이에요. 저 여자는 나를 몇 살로 생각할까요? 메테르니히 공주가 여든 살에도 연애를 한다는 데 놀란 사람에게 뭐라고 응수했는지 아세요? '이제 겨우 여든 살인걸요. 무슨 명목으로 내게서 사랑을 박탈하려는 거죠?'

✲

그녀는 황토색 튜닉과 헐렁한 바지 차림으로 나무 무대 위에 꼿꼿이, 아주 꼿꼿이 서 있다. 그녀가 머리 위의 별들을 오래도록 바라보더니 첫 몸짓을 시작한다. 느릿느릿 목을 움직이고, 척추를 펴고, 원형의 빛을 향해 나아간다. 빡빡 민 머리 때문에 유난히 돋보이는 커다란 눈으로 그녀는 마치 이렇게 말하는 듯하다. 보시다시피 내 나이에도 아직 할 수 있다고요. 그러곤 춤을 추기 시작한다. 그녀의 이름은 제르멘이다. 요루바족 여사제였던 그녀의 할머니는 아주 어린 그녀에게 재능을 타고났다고 말했다. 전 세계에서 아프리카 현대무용의 창시자로 인정받는 인물인 제르멘 아코니*는 그 후 삶의 방식이기도 한 자신의 기술을 전수하고자 모래학교École des Sables**를 창립했다. 조국 세네갈에서는 '엄마'라고 불리는 그녀는 흘러가는 세월에 아랑곳하지 않고, 오히려 세월을 더 많은 창의력과 대담성을 허락해주는 특혜처럼 여긴다. 그녀는 나이가 들수록 몸이 더 잘, 더 깊이 응답한다고 덧붙여 말한다. 나이가 들수록 '망각된 몸'을, 심장박동을, 땅을 딛는 맨발을, 그리고 어쩌면 유년기에서 시작되었을 내면의 리듬을 되찾는다는 것이다. 그녀는 스스로를 자신이 좋아하는 판야나무에, 뿌리를 땅속 깊이 박고 있어 도무지 뽑을 수 없는 판야나무에 비교하는데, 프랑스에서 일할 때 그 직업의 정년인 마흔 살에 무용수로서 활동을 그만두고 은퇴하기를 거부했다. "내 나라에서는 노인들도 여전히 끝까지 춤을 춥니다." 늦게 스타가 된 그녀는 점점 더 자신의 혈통에서 착상을 얻는다. "나는 내 아버지의 어머니다." 이 말은 그녀가 신들린 망아지경의 춤으로 자신의 아버지에게 강요된 가톨릭으로의 개종을 표현하며 한 말이다. 그녀는 나이가 들수록 노화를 바라보

* 세네갈 출신 무용수이자 안무가(1944~).
** 아프리카 전통무용과 현대무용 전문가들을 양성할 목적으로 설립된 학교.

는 서양의 시각과 결별할 마음이 들어, 무대 위에서 그 시각을 재치 있게 공격한다.

몽테뉴는 노년을 '진짜 삶'을 사는 나이라고 생각했다. 노년에 우리는 끝에 대한 확신으로 매일 점점 더 작아지며, 마침내 죽음이 닥쳤을 때는 우리의 4분의 1이나 절반밖에 데려가지 못한다는 것이다. 제르멘은 할머니로부터 노화는 특전이고, 죽음은 통과의례라고 배워 우리가 늙으면 어느 정도 내면의 '이탈'을 받아들이고, 몸과 생각의 관계를 달리 탐색해야 한다고 말한다.

＊

제 나이로 보일 권리에는 나이가 없다. 우리가 편의상 고령이라고 부르는 나이에 도달할 때까지를 포함하는 권리다. 요즘은 고령이라는 말은 점점 덜 쓰고, 인생 제3기니 제4기 같은 말을 쓴다는 사실을 눈치채셨는지? 곧 다른 나이처럼 흔한 나이가 될 100세를 가리키는 인생 제5기라는 말도 쓰게 될 것이다. 언어도 달라졌고, 표현도 '완화'되어서 이제는 노인 대신 시니어라는 말을 쓰며, 점점 더 원기 왕성해지고, 재정 능력도 갖추고, 수도 늘어나서 나이 피라미드를 거꾸로 뒤집을 것 같은 노년층을 가리키기 위해 실버 영역, 실버 경제, 실버 라이프를 이야기한다. 백발 여성들, 은빛 구레나룻을 단

남성들은 자산을 부동산으로 묶어두고, 마지막 숨을 거둘 때까지 깐깐하고 거만하게 제자리를 양보하지 않아 우리의 생활 방식을 위협하고 있다. 노인들을 규탄하는 외침도 들린다. 인구의 고령화는 우리 문명의 가장 핵심적 현상이며, 이 돌연한 현상이 우리를 구렁텅이로 이끌 것이라고, 에마뉘엘 토드는 조예 깊은 인구통계학자로서 수년 전부터 외치고 있다. 그는 말한다. 이건 불안한 현상입니다. 재앙입니다. 우리는 지금 노인들의 야만적 이주를 목도하고 있는 것입니다. 대체 노인들을 어떻게 처리해야 할까요? 그의 말에 따르면, 우리 노인들은 인구통계학의 곡선에 위협이 되고 있다! 노인이 된다는 건 개별적으로 지목될 일도, 낙인찍힐 일도 없는 하나의 공동체에 속한다는 의미다. 마찬가지로, 우리는 사용하는 언어로도, 출신으로도, 속한 사회계층으로도 규정되지 못하고 오직 나이를 준거로 분류되고, 심지어 축소된다고도 말할 수 있다. 에마뉘엘 레비나스는 설명한다. 인간으로 존재한다는 건 타자들 가운데 하나가 아닌 듯이 사는 것이며, 타자를 용인하고, 그 책임이 내게 있다는 사실을 아는 것이라고. 그러니 오늘날 우리에겐 우리보다 나이 많은 이들에 대한 연대 의무가 있다는 사실을 환기해야 할까? 이 질문은 제2차 세계대전이 끝나기 전에는 거의 제기되지 않았다. 가족이 늙은 부모를 집에 모시고 그럭저럭 헤쳐왔고, 시골에서는 대개 할아버지가 부양의무를 떠안은 아들에게 재산을 남겼다. 오늘날엔 도시화와 협소한 주거 공간, 가족의 분산으로 인해 대부분의 후손들은 부모를 따로 분리된 곳에, 딱하게도 요양원이라고 부르는 곳에 둘 수밖에 없는 처지다. 그렇게 뒷전으로 물러나 있도록, 노인들을 모두 한군데 모아두는 것이다. 가능한 한 도심에서 떨어진 곳에. 노인들은 최대한 눈에 띄지 말아야 하고, 산 자들의 공동체로부터 떨어져 있어야 한다. 우리 한 사람 한 사람이 서로 의존하고 있는 존재들인데도 말이다. 청년은 미래를 구현하고, 노인은 현존하는 과거를 구현한다. 점점 더 목소리가 커지는 담론의 주장처럼 청년과 노인은 스스로 분리되어 있다고 느끼지 않는다. 한쪽에는 중요하고 긍정적이며 내세울 만한 인간이 있고, 다른 쪽에는 쇠약해진 하등 인간이 있는 것이 아니다.

＊

　우리는 계승사회에서 소비사회로 건너왔다. 우리가 지식이라고 부르는 것은 오늘날엔 거의 의미가 없어졌다. 노인들은 젊은 세대들에게 전해줄 게 아무것도 없는 존재처럼 취급된다. 노인을 곧 '소멸될' 존재, 저절로 '용도폐기될' 존재들로 여기는 감정, 현재의 모습도 과거의 모습도 아닌 오직 하나의 범주, 연령층으로 환원된 존재들로 여기는 감정은 바로 거기서 비롯한다.

살이 찌듯이 나이도 찐다. 그것은 감지할 수 없을 만큼 서서히 벌어지는 일이다. 우리가 건강을 걱정하지 않아도 되는 행운만 누린다면 그런 것에는 신경 쓰고 싶지 않다. 생활 리듬은 습관과 더불어 똑같이 반복된다. 그래서 시간의 부동성을 믿도록 부추긴다. 시간이 우리 안에서 우리를 통해 흐른다는 걸 알면서도 우리는 시간이 불변한다고 느낀다. 플랫폼에 정차된 기차 속에 앉아 있는데 옆 기차가 흔들리기 시작하면 우리가 움직이는 듯한 인상을 받을 때와 마찬가지다. 나는 내 나이를 생각하고 싶지만, 같은 순간에 여러 나이도 공존한다. 손주와 함께 엎드려서 레고 놀이를 할 때 나는 어린아이이고, 라디오에서 조니 알리데이의 히트곡을 들으며 춤추고 싶을 때는 청소년이며, 미간행 자료를 찾아 도서관에서 참고문헌을 뒤적이며 몇 시간을 보낼 때는 아직 대학생이고, 40년이나 생방송을 하고 나서도 스튜디오에 빨간불만 들어오면 여전히 심장이 팔딱이고, 한 번 실패한 뒤로 의과 1학년을 다시 시작하지 않은 걸 여전히 후회하니 그만큼 정신과의사가 되고 싶었던 욕망에 아직도 시달린다. 30년 전보다 요즘 더 아쉬워하고 있다. 내가 이뤄내지 못한 몫, 이상화된 나의 부분은 노화와 더불어 더욱 커지는데, 그건 내가 다시는 모험을 시도하지 못하리라는 아쉬움이나 확신이라기보다는 비껴서 지나왔다는 막연한 인상 때문이다.

때때로 상황이 불쑥 우리 나이를 환기하기도 한다. 이를 테면 나는 쉰세 살에 실업자 신세가 되었다. 나는 오드센 지역의 구직 센터에 매주 출근했는데, 한 달에 한 번 내 상황을 정확히 파악하기 위해 한 젊은 여성이 고해소가 생각날 만큼 아주 작은 사무실에서 나를 맞아주었다. 우리는 금세 마음이 통했다. 그녀는 생기 넘쳤고, 긍정적이며 실용적이고, 일을 잘 처리했고, 실업자들에 관한 법제에 통달했다. 어느 화창한 날 아침, 그녀는 입꼬리에 미소를 머금고 줄 서서 대기하고 있던 나를 찾더니 자기 사무실 문을 닫고는 의기양양한 표정으로 말했다. "좋은 소식이 하나 있어요." 그녀는 내 이력서와 평가표를 꺼냈다. "열여덟 살부터 쉬지 않고 일해오셨으니 다음 주부터는 최고 연금을 받고 은퇴하실 수 있습니다." 미처 자각하지 못한 채 내가 울음을 터뜨리자 그녀는 화들짝 놀랐다. 그 소식은 내게 이중의 고통이었다. 영원한 실업 같은 은퇴 통보였고, 더는 일자리 시장에 부적격하다는 통보였다. 내가 쓸모없는 존재로 확정된 느낌이 들었다. 딱하게도 내 이야기는 흔한 경우다. 오십대에 실업자가 된 사람들 대부분은 일자리를 찾지 못하고, 퇴직연금을 누릴 수 있는 사람은 그나마 운이 좋은 것이다. 그렇지만 나는 일자리를 찾아다녔다. 간단한 일이 아니었다. 마침내 일자리를 하나 찾았을 때 나는 '수리된' 느낌이었다. 그만큼 나의 세대는 일을 통해, 일 속에 자신을 정립했다—아마도 지나칠 정도로.

✸

　그녀는 여든 살인데, 그래 보이지 않는다. 그녀가 집 문을 열어준다. 우아즈 강변이 내려다보이는 정원 안쪽에 자리한 집이다. 청바지 차림에 긴 머리카락을 늘어뜨리고, 화장기 없는 그녀는 꼭 청소년처럼 보였다. 놀라운 책을 여러 권 쓴 그녀가 책의 주제에 대해 말할 때는 자기 생각을 명확히 표현하려는 욕구와 진솔함과 열정이 돋보였다. 그녀는 차를 준비하려고 부엌 창가에서 마편초 잎을 따면서 "어쨌든 피할 길은 없죠"라고 탄식하듯 말했다. 그러더니 이내 고쳐 말했다. "아니, 길이 있어요. 모든 사람보다 먼저 늙으면 되지요. 난 스물한 살에 늙었어요. 어려서부터 언제나 다른 아이들보다 늙었다고 느꼈죠. 내가 다닌 가톨릭 학교의 다른 여학생들은 훨씬 어리고 가벼웠어요. 내겐 가벼움이 없었지요. 열다섯 살인데도 다른 아이들보다 인생 경험을 훨씬 많이 한 것 같았어요. 부모님의 직업과 주변 사람들 때문에 내가 성性에 대해, 가난에 대해 상당히 많이 알게 되었다는 사실을 나중에 가서야 깨달았지요. 내 또래들이 알지 못했을 것들이었죠.

그 괴리 때문에 나는 스스로 늙었다고 느꼈어요." 아니 에르노는 『빈 옷장』에서, 그리고 『부끄러움』에서 자신이 속하지 않은 다른 세상인 이브토의 식료품 가게에서 보낸 어린 시절과 청소년 시절을 환기하고, 다른 친구들이 사는 삶과의 항구적 괴리를, 그녀를 늙게 만든 그 경험의 무게를 얘기한다. 그녀에겐 천진함이 허용되지 않았다. "그 후 나를 더욱 늙게 한 경험은 나의 낙태였다. 낙태는 모든 여자를 늙게 한다. 나는 젊었고, 내 주변의 여자아이들은 이 시련을 겪지 않았다. 그런데 나는 알았다." 이 고통에 대한 앎을 아니 에르노는 『집착』에서 탁월하게 표현했다. 그녀의 온몸이 별안간 늙어버린다. "더구나 미처 깨닫지도 못한 채 나는 아주 젊은데 아줌마처럼 옷을 입었고, 머리까지 틀어올려서 존경받아 마땅한 사람처럼 보였다……." 그러니까 아주 젊은 나이에 내면도 외모도 늙어버린 것이다. 겉보기에 모든 것이 나이를 앞당기는 데 부합했다. 그녀가 자기 몸을, 욕망을, 유혹의 힘을, 삶의 활력을 되찾은 순간까지는 그랬다.

우리는 갑자기 아주 젊어진 느낌이 들 수 있다. 내게는 그런 일이 여러 차례 일어났다. 첫 번째는 남편과 헤어졌을 때였고, 두 번째는 심각한 수술을 받고 두 다리의 균형을 되찾아더는 절지 않게 되었을 때였으며, 세 번째는 나보다 젊은 연인들을 만나면서 내게 아직 성적 매력이 있다는 사실을 알게 되었을 때였다. 나는 노화를 멀리했지만, 딱히 그걸 의식하진 않았다. 예순두 살에 내가 유방암에 걸린 걸 알게 되었을 때는 덤덤하게 이렇게 생각했다. "그러니까 나는 절대 늙을 일 없겠네." 전에는 늙기를 바라지 않았다. 생각조차 하지 않았으니까. 하지만 갑자기 나는 늙기를 열렬히 갈망했다. 항암치료를 받고 지하철을 타고 돌아오면서 나는 나보다 나이 든 여자들을 부러운 눈으로 바라보며 생각했다. "난 저런 행운을 누리지 못하겠군." 당시 내 아들이 첫째 아이의 출산을 기다리고 있었는데, 나는 얼른 할머니가 되고 싶었다. 그러다가 나는 잘 치료받았고, 예상과 달리 다시 삶이 시작되었다. 나는 늙는 행운을 누렸다.

겨울 오후가 끝나간다. 아니 에르노는 어둠이 내리기 직전, 늙어서 죽어가는 고양이를 지켜보며 느꼈던 슬픔에 대해 내게 말한다……. 그녀는 서재 앞의 큰 전나무들을 가리키며 말한다. "아주 늙은 나무들은 세월이 가면서 가장 낮은 가지들을 떨궈요. 우리도 마찬가지지요. 그렇다고 슬퍼할 건 없어요. 내 피부, 내 몸도 늘어지고, 가슴도 처지죠. 일종의 추락입니다. 자연의 법칙이니 내겐 거슬리지 않아요. 내 경우, 늙는다는 느낌은 욕망의 상실과 함께 왔지요. 남자들과 연애하고 싶은 욕구가 더는 없었어요. 사실을 말하자면 더는 고통받을 용기가 없었지요. 물론 저항할 수는 있어요. 리프팅? 모두가 그러듯이 나도 생각해보긴 했죠. 시술을 받기로 마음먹었다가 공교롭게도 건선이 심해서 포기했어요. 그 후로는 세월과 맞서 싸우지 않기로 결심했죠."

나는 그녀가 "제 나이로 보이지 않는다"라고 말했다. 그녀는 동의하지 않는다. 그녀는 자신이 '제 나이이고' '제 나이로 보이며', 더는 예전처럼 정원 일을 하지도 않고, 온종일 걷지도 않으며, 자다가 수시로 깨고, 그래서 아침이면 흐리멍덩하다고 느끼고, 점심 먹고 나면 잠깐이라도 낮잠을 자고 싶어진다고 말한다. 그녀는 그저 웃을 뿐, 한탄을 늘어놓길 바라지 않는다. 살면서 그녀는 할 수 있는 걸 해왔고, 후회를 느끼지 않으니, 이제 그녀의 삶은 멈출 수 있다. 충분히 채워졌으니. "중요한 건 존재감이죠. 내겐 내 삶이 아닌 다른 삶이 있어요. 나이는 아무것도 바꾸지 못해요."

　

그녀는 막 예순 살이 되었다. 그리고 저명한 과학자인 남편 앙드레와 함께 파리에서 아파트 7층에 산다. 남편은 활동을 이미 자발적으로 그만두었다. 자기 직업을 온전히 계속 영위해 나가기엔 나이가 너무 많다는 걸 알았기 때문이다. 그녀는 은퇴를 선택하지 않았다. 정년에 도달한 공무원처럼 강제로 퇴직에 내몰렸고, 그러자 별안간 시간이 많아졌다. 너무 많은 시간이, 한계 없는 시간이 그녀를 옥죄고 불안에 빠뜨렸다. 그러자 그녀는 무료함을 달래기 위해 거리로 나섰고, 공공장소에서 노인들을, 전에는 보지 못했던 많은 노인을 보았다. 호의적이지 않고, 정갈하지 못하고, 괴팍하고, 조금 공격적이기도 한 노인들이었다. 그녀는 그들을 닮게 될까봐 덜컥 겁이 났다. 행정적으로는 그녀도 이미 같은 범주에 속했다. 게다가 이제는 실망스러운 아들을 봐도 그렇고, 빠르게 늙어가는 남편을 봐도 자신이 누구인지 잘 모르겠다. 아파트에서 살게 된 이후로는 감옥에 갇힌 느낌이 들고, 밖에 나가면 불안이 가라앉을 것만 같다. 그래서 그녀는 '밖으로 나간다'. 발길 닿는 대로 여기저기 카페에 들어가 술을 한 잔 마시고는 다시 떠난다. 기억이 수면 위로 떠오른다. 그녀는 예전의 자신을 다시 본다. 교사로 일하던 시절, 반복되는 연례행사들, 특히 개학식은 그녀에게 시간을 벗어나는 느낌을 안겼다. 그녀는 세월 밖에 있다가 갑자기 세월 속으로 내던져졌다. "시간의 대양 속에서 나는 끊임없이 몰아치는 파도에도 끄떡없이 닳지 않는 바위였다. 그러다 별안간 밀물이 나를 휩쓸어가 죽음 속에 던져놓을 것이다. 비극적으로 내 삶은 추락한다. 그런데 이 순간 내 삶은 아주 느릿느릿 물기를 털고 있다. 설탕이 녹기를, 기억이 지워지기를, 상처가 아물기를, 해가 지기를, 권태가 사라지기를 아직 기다려야 한다. 이 두 리듬 사이의 기이한 단절. 나의 날들은 빠르게 달아나고, 하루하루가 가는 동안 나는 활기를 잃는다."『분별의 나이L'âge de discrétion』에서 시몬 드 보부아르는 어떻게 정신적 붕괴가 늙는다는 감정을 불러일으키는지 경이롭도록 잘 이야기한다. 여주인공은 흔히들 말하듯이 '곱게 늙은'—정말 희한한 표현이다!—모습이었지만 사회적으로 용도폐기된 인물이었다. "노년도 존재해. 그러니 우리가 이제 끝났다고 말하는 건 유쾌하지 않아" 하고 그녀는 남편에게 말한다. 남편은 너무 멀리 보지 말고, 죽음을 생각하지 말고, 일주일 단위로 짧게 보며 살라고 조언한다. 그가 아무리 설득해봤자 그녀는 그 길을 따르지 않는다……. 그녀의 남편은 미래에 자신을 투영할 해결책을 찾아냈다. 배우려는 욕망을 좇아 자신이 아직 알지 못하는 것을 배우는 길이다. 보부아르의 여주인공에겐 미래에 대한 애착도, 현재에 대한 애착도 없다. 그녀는 늙은 자신을 보고, 그 감정에 매몰되어, 몰락 외의 다른 지평선을 상상하지 못한다. 역설적이게도 그녀는 삶에 대한 조바심, 전력을 다해 살려는 욕구 때문에 이 느린 변신을 받아들이지 못하는 것이다. 어떻게 해야 시간의 바퀴에 깔려 으깨지지 않을까? 운명을 서서히 받아들여 내적 자유로 변화시키고, 나아가 철학적 수련으로 변화시켜야 할 것이다. 프랑수아 모리아크가 일기에 이렇게 썼듯이. "나는 내가 무엇에도 초연하고, 누구에게도 초연하다고 느끼지 않는다. 그러나 앞으로는 사는 일만으로도 충분히 바쁠 것이다. 내 무릎 위에 놓인 내 손에 아직 흐르는 피, 내 안에서 펄떡이는 이 바다, 영원하지 않은 이 밀물과 썰물, 곧 끝나가는 이 세계는 매 순간에, 마지막 순간 이전의 모든 순간에 주의를 기울이길 요구한다. 늙는다는 건 바로 이런 것이다." 모리아크는 아직 살아 있다는 사실에 행복해한다. 늙는 기쁨. 세상 속 자신의 존재를 깨닫는 그 강렬한 느낌을 환희라고 부를 수도 있겠다. 흘러간 세월이 주는 여분의 경험과 감각을 지각하면서 자신과 하나가 되는 느낌. 그런 경지에 이르려면 어느 정도 느림이 필요하다. 갑자기 폭우가 몰아치는 날 저녁에 벼락처럼 세월이 당신 머리 위로 떨어지는 일을 피하려면 자신이 늙는 걸 바라보는 습관이, 자발적 동의가 필요하다. 조르주 심농이 소설 『몽드 씨, 사라지다 La fuite de Monsieur Monde』에서 상상해낸 인물 몽드 씨—이름도 참!*—에게 닥친 일이 바로 그렇다. 늙는다는 느낌이 마흔여덟 살 생일 아침에 갑자기, 불쑥 그의 머리 위에 떨어진 것이다. 낯선 무기력 상태가 그를 사로잡고, 꺼져가는 느낌이, 헤아릴 길 없는 피로가 예전처럼 기계적으로 시간의 흐름에 휩쓸리지 못하게 가로막는다. 그는 더 이상 이곳에 있지 않다. 자기 자신에게도, 타인들에게도, 게다가 타인들—그의 아내와 아들과 딸, 그리고 직원들—은 그의 생일마저 잊는다. 그러자 그는 무작정 집을 떠

* 몽드 monde는 프랑스어로 '세상'을 뜻한다.

나 마르세유의 비외포르 호텔에 방을 잡고, 바닷가 모래밭에 눕는다. "그의 두 눈에서 흘러내린 건 마흔여덟 해 동안 누적된 피로였고, 그 눈물이 달콤한 건 이제 시련이 끝났기 때문이다." 인간이 실제로는 늙지 않았는데 어떻게 스스로 늙었다고 느낄 수 있는지 실존적으로 보여주는 것이 심농의 천재성이다. 우리 모두에게 가장 힘든 일은 늙어야 한다는 것이 아니라—살아 있는 한 제아무리 온갖 꼼수를 부려봤자 면할 수 없는 일이니—이미 늙은 노인의 범주 속에 스스로 들어서는 것이다.

＊

나이와 노화를 피할 수 있을까? 우리는 다양한 나이를 지녔다는 걸 미처 깨닫지 못한 채, 외부에서 부여하는 지위에 붙들린 포로 신세다. 우리는 무한히 젊으면서 늙었고, 가능성에 대한 믿음의 부재로 인해 축소되어 무한히 유한하다.

그는 스스로 늙었다고 느끼고 모든 걸 떠나기로 마음먹는다. 권력과 부, 책임까지. 세 딸 중 두 딸이 보기에 그는 언제나 변덕스러웠다. 딸들은 노화로 인해 아버지의 변덕이, 엉뚱함이, 경솔함이 더 심해질까 겁낸다. 첫째 딸이 제발 좀 '현명하게' 처신하시라며—늙었으니 존경받을 만하게 처신해야 하므로—내쫓자 그는 줄곧 떠돌아다닌다. 그러다 둘째 딸 곁에 머물려고 시도해보지만 둘째 딸 역시 거절한다. "폐하는 이제 연로하셨어요. 폐하는 이제 길 끝에 이르렀으니 필요한 게 아무것도 없습니다. 그런 처지이시니 폐하보다 잘 보는 사람들이 이끄는 대로 따르셔야 합니다." 리어왕은 딸 리건에게 자신을 받아달라고 간청한다. 딸 앞에 무릎을 꿇고 용서를 구한다……. 늙어서 미안하다고.

내 딸아, 고백하건대 난 이제 아무짝에도 소용없어!
내 나이가 부끄럽고 아직 살아 있는 게 미안하구나.

아직 인간으로 남아 있는 리어의 고통을 달랠 수 있는 건 오직 광인뿐이다. 리어는 늙었을 뿐 아니라 죽어가고 있다. 셋째 딸 코딜리어만이 그에게 그 사실을 이해시킬 수 있을 것이다. 코딜리어가 그를 무덤에서 끌어내줄 것이다. 셋째 딸은 아버지를 알아봄으로써 아버지가 당신 자신을 알아보게, 당신 내면의 모습을 알아보게 해준다.

나는 어리석고 가련한 늙은이라오.
더도 덜도 아닌 여든 살을 먹었소.
솔직히 내 정신이 온전치 않을까 겁나오.

리어는 코딜리어의 시신을 안고 무대 위에 서 있다. 코딜리어는 죽음이다, 라고 프로이트는 말한다. 코딜리어는 리어가 죽음을 선택하고, 죽는다는 생각과 친숙해지게 해준다.

리어는 최악의 상황을 겪고 난 뒤, 삶을, 자신의 삶을 잘못 살았다고 느끼며 코딜리어의 시신을 품에 안고 죽는다. 참으로 친근한 리어, 우리의 귀에 대고 말하는 리어, 우리와 동시대인인 리어는 보잘것없는 우리 자신과 하나가 되는 법을 일러준다. 자아 아래의 '나'에 이르는 길을 일러주는 이 자각을 강화하도록 애쓰는 것이다. 자아에게 노화의 끝은 가식의 끝이고, 비열함의 끝이기도 하다.

노화는 지혜의 길일까? 고대부터 많은 글에서 이 믿음을 확인할 수 있다. 지식과 경험이 신빙성과 합법성의 아우라를 간직한 일부 사회에서도 여전히 공유되는 믿음이다. 동남아시아와 검은아프리카의 전통사회 대부분에서 노인들은 그 수가 많지 않은 만큼 귀한 대접을 받으며 많은 특전과 배려의 징표를 받는다. 그들이 초자연적 세계의 중재인들이 되기 때문이다. 늙는다는 건 행운이고, 자신을 위한 진보일 뿐 아니라, 그걸 누릴 사회 전체를 위해서도 진보다. 나이 든 사람들은 살면서 다른 나이 때 누린 것보다 높은 사회적 직위를 획득하거나 유지하고, 물질적 및 비물질적 자원을 제어하고 관리할 권력을 획득하거나 유지한다. 그들은 의례, 족보, 혼

인관계에 대한 앎을 보유한 이들이다. 사람들은 노인들을 존경하거나 겁낸다. 오스트레일리아 원주민들 사이에서는 수렵과 채집 사회의 나이 많은 남자들만이 여러 명의 아내와 결혼할 권리를 갖는다. 비록 그들이 더는 사냥꾼이 아니며 달릴 능력이 없을지라도. 젊은 남자들은 서른 살이 되어야 결혼하고, 장인을 위해 사냥할 책무를 진다. 성과의 등급은 지식-힘에 토대를 둔다. 따라서 나이는 특권이다. 노인들이 청년의 미래가 달린 의례들을 관장하기 때문이다.

유럽 사회에서는 지식과 나이의 균형이 깨졌다. 노화는 대개 손상으로 여겨지며, 가치가 실추된 느낌을 안긴다. 노화는 진화 과정이 아니라 퇴행 현상이 되었다. 그로부터 경계심과 무관심, 심지어 공격성마저 생겨나 수십 년 전부터 통용되고 물리도록 반복되어왔다. 다행히 일부 사람들은 저항하는데, 그 회색 대륙의 내부 고발자들이 더는 말하지 못하도록 사회는 그들을 파묻어버리고 싶어 한다.

노년의 발견은 우리가 알지 못하는 새로운 능력들을 향해 열리는 문일 수도 있다. 정정한 노년. 재성찰하는 노년. 가쓰시카 호쿠사이는 『부악백경(후지산이 있는 백 가지 풍경)』 서문에서 수많은 그림을 그렸지만 일흔 살까지는 자기 그림이 만족스럽지 않았다고 설명한다. "일흔세 살에 비로소 새와 물고기, 식물의 진짜 형태와 본성을 이해했다. 그러니 여든 살이 되면 아마 많이 발전해서 사물의 깊이에 도달할 것이다. 백 살이면 규정할 수 없는 탁월한 경지에 이를 테고, 백열 살이면 점 하나 선 하나가 모두 살아 움직이게 될 것이다." 스비아토슬라프 리히터*는 그 모든 연주를 풍성히 해내고 죽음의 문턱에 이르러 마지막 숨을 거둘 때까지 여전히 어느 마을의 작은 교회당이나 공립학교 교실에서 이틀마다 콘서트를 열 순회공연을 꿈꿨다. 피에르 술라주**도 잊지 말아야 한다. 그는 자신의 100세 생일을 둘러싸고 야단법석이 벌어져도 초연히 '우트르-누아르Outre-noir'*** 실험을 중단하지 않고 매일 그림을 그리며 한결같은 기쁨을 느꼈다. 노년은 우리가 되고자 애쓰는 모습에 어긋나지 않도록 자신에게 거는 약속이다. 중단 없이 깨어 있고, 실존의 아픔 없이, 스스로 실망하지 않고, 복병을 만나도 잘 버티고, 한탄하지 않기로. 요란 떨지 않기로. 떠들어대지 않고 이렇게 사는 법을 제2의 천성인 양 조용히 실천하는 사람은 많다. 그러자면 어느 정도 유머 감각이, 건강이, 용기가, 거리 두기가 필요하다. 노년은 비극적 운명도 아니고, 전반적으로 잠든 상태도 아니고, 그저 살아가는 법이다.

---

* 우크라이나 출신으로 20세기 가장 위대한 피아니스트 가운데 한 사람으로 꼽힌다(1915~1997).

** 프랑스 출신 화가, 판화가(1919~).

*** '검정 너머'를 뜻하는 말로, 검정의 대가 피에르의 독특한 예술 기법.

✻

그녀는 나를 자기 아파트로 불렀다. 방마다 책과 그림 들이 대화를 나누는 듯한, 겨울 오후의 온화하고 포근한 분위기의 집이었다. 나는 그녀를 바라본다. 오래전부터—수십 년 전부터—아는 사이인데, 나는 볼 때마다 장난기 많은 아이처럼 짓궂은 그녀의 표정에 놀란다. 그녀의 눈은 웃고 있다. 외모를 보면 코르셋을 입은 듯 모범적인 소녀의 모습이다. 몸은 곧고, 몸가짐도 흠잡을 데 없고, 얼굴은 완벽한 계란형이다. 늙었다고 느끼세요?라는 질문에 그녀는 바로 대답한다. "난 이제 열일곱 살인걸." 아주 젊은 나이에 혼자가 된 어머니, 사회 관습과 사람들의 평판에 무척 신경 쓰는 할머니 밑에서 받은 브르타뉴식 교육을 『프랑스어 작문Composition française』*에서 멋들어지게 얘기한 그녀는 렌의 고등사범학교 입시준비반에 등록했을 때 느낀 해방감을, 가족의 울타리를 떠나던 날을, 누구의 질문도 받지 않고 자신이 원할 때 하고 싶은 일을 하던 기쁨을 생생히 기억한다. 시간이 흐르면서 그녀는 할머니가—잘하는 결정이라고 확신하고서—어머니가 직업을 갖지 못하게 가로막아 어머니를 슬픔에 빠뜨렸다는 사실을 깨닫는다. 모나는—그에 대한 반발로?—언제나 행복을 바

* 프랑스의 역사학자인 모나 오주프의 에세이.

랐다. "난 불행이 싫어. 내 삶의 계획을 세워두었지. 한 남자를 사랑하고, 책을 읽으며 살고 싶었어. 열일곱 살은 행복의 나이였고. 그 후 서른 살에는 꿈꿨던 삶을 살게 되었어. 내가 사랑하는 남자와 살며 그를 절대적으로 신뢰했고, 같은 열정들을 그와 공유했으니까." 두 사람은 앞으로도 함께 일할 것이고, 책을 공동 집필하고, 사회운동도 함께할 것이며, 저널리즘 활동도 함께하며 내 세대를 위해 목소리를 내는 이상적인 지성인 부부로 남을 것이다. 모나는 제자들이 극찬하는—나 또한 그런 제자에 속한다—교수이자 위대한 역사학자 자크 오주프가 뇌출혈 후유증에 맞서 사자처럼 싸우다가 비극적으로 떠난 뒤 홀로 살고 있다. 모나는 심각한 눈병으로 고통받고 있지만 불평하지 않는다. 계속 살 뿐이다……. 마치 열일곱 살인 것처럼. 자신이 어떤 위험을 무릅쓰고 있는지 의식하되 꼼꼼히 따져보지는 않는다. "난 여행을 너무 많이 해. 누가 권하기만 하면 응하는데, 눈이 잘 안 보여서 길에서 비틀거리기도 하고 표지판을 잘못 보기도 해. 이번 여름엔 어느 역에서 가방을 든 채 에스컬레이터를 반대 방향으로 탔지 뭐야. 다행히 운이 좋았지. 겨우 갈비뼈 두 개만 금이 갔으니까. 더 심하게 다칠 뻔도 했는데 말이지. 이젠 버스를 따라잡으려고 달릴 수도 없으니 안타깝지만 앞으로 베네치아에는 가지 말아야 할까봐. 난 늙었다고 느끼진 않지만, 삶이 위축되는 게 보여. 점점 사람이 줄어들고 있어. 지난주에는 페르라셰즈 묘지에 다녀왔지. 거기서 오랫동안 보지 못한 사람들만 보고 왔는데, 그 사람들이 슬픈 얼굴을 하고 있다고 생각하면서 내심 그들도 나를 보며 똑같은 생각을 하겠구나 싶었어. 꼭 마르셀 프루스트의 『되찾은 시간』에 물리적으로 들어선 느낌이 들었지. 나는 닳아빠진 농담에도 함께 눈물을 흘리며 웃을 수 있었던 오랜 친구들을 잃었어. 그래도 나보다 조금 젊은 친구들을 비축하고 있어 다행이야." 모나는 고독 속에 틀어박히지 않으려고 조심하고, 때로는 억지로라도 외부와 관계를 유지하려 애쓴다. 고독은 통제될 때만 쾌적하다. 겨울 저녁엔 집에서 잘 지낼 수 있지만 도심으로 외출도 하고 초대에 응하기도 한다. "사람들이 나에 대해 '그래, 이젠 외출도 하지 않나봐. 끝났네' 같은 말을 하길 바라지 않아." 나는 모나의 말에 귀 기울이면서 화자가 타인들을 바라보며 자신도 시간이라는 같은 배에 올라타고 있다는 사실을 깨닫는 『되찾은 시간』의 페이지를 떠올린다.

어릴 적부터 나는 하루하루 살면서 나에게, 그리고 타인들에게 확고한 인상을 받곤 했는데, 처음으로 그 모든 사람에게 일어난 변화를 보고 그들에게 흐른 시간을 가늠했고, 그러면서 그 시간이 내게도 흘렀다는 사실을 깨닫고는 당황했다. 나는 그들의 노화에는 무관심했지만, 그것이 다가오는 나의 노화를 예고해주어 참담했다.

그러나 모나는 노화의 이점들을 발견한다. "플로베르의 표현을 빌리자면 나이는 실존을 어느 정도 가볍게 해주지. 얼마나 기쁜 일이야. 어느 정도 선별해서, 꼭 필요한 것과 부차적인 것을 구분할 줄 알게 되니까. 이젠 세세한 일들로 공연히 삶을 허비하지 않게 돼. 살면서 상처를 많이 받다 보니 이젠 짜증 나는 사소한 일로 시간을 허비하지 않는 법을 터득했지. 노화는 우리 자신을 드러내주고, 우리가 누구인지 깨닫게 해준다고, 조르주 상드가 플로베르에게 거듭 말했는데, 플로베르는 썩 설득된 것 같지 않아. 난 설득되었어. 살면서 겪는 충격들은 불시에 덮쳐오는 쇠약감에서 우리를 깨워주지. 거울 앞에서 자신이 보기 흉하다고 느껴져도, 자신을 못 알아볼 것 같아도 그리 불쾌할 것 없어. 하지만 계획이 있어야 해. 그래야 완전히 끝나지 않았다는 게 담보되니까. 그러고 보면 노화는 물리적 삶과 물질적 삶은 복잡하게 만들고, 정신적 삶은 단순하게 만들어."

이튿날 그녀는 메일로 내게 여러 정의를 보내왔다. 노화와 집요하게 결부된 상실이라는 말로 만든 프레베르*식의 카탈로그 같았다. "우리는 머리카락을 잃고, 인내심을 잃고, 방향을 잃고, 신뢰를 잃고, 일을 잃고, 시합을 잃고, 지인들을 잃고, 영혼을 잃고, 안경을(가방을, 장갑을, 우산을) 잃고, 이성을

---

* 프랑스 시인 자크 프레베르의 시 「목록Inventaire」을 염두에 둔 표현이다.

잃고, 말을 잃고, 먹고 마시는 걸 잃고, 흔적을 잃고, 마지막으로 가망을 잃는다."

그렇다. 하지만 우리는 잃는 것보다 훨씬 많은 것을 얻는다. 초연함을, 평정심을, 아무려면—어때—주의의 유쾌함을, 소소한 순간들이 주는 기쁨을—차 맛, 11월의 어느 날 잠시 갠 파란 하늘, 라디오에서 흘러나오는 노래—얻고, 우리가 어찌 됐든 삶의 흐름 속에 있으며, 때로는 우리의 내적 독백 속 자신에게보다 타인들의 눈길 속에 더 생생히 살아 있다는 걸 안다. 내적 독백 속에서는 때때로 온전히 살아 있지 않다는 인상을 받기도 한다. 흐리멍덩한 안락함 속에서 살아 있다는 느낌이 무미건조해진 건지 우리는 더는 자기 자신과 하나가 되지 못하고, 덜 안달하고, 덜 탐욕스러워지는데, 그걸 깨달으면 불쾌하지만 그래도 살아 있다는 확신은 든다—청소년기에도 성년이 되어서도 한 번도 생각해보지 못한 깨달음이다. 살아 있게 해주는 것에 호기심을 간직할 줄 알아야 인간으로 남을 수 있다. 늙는다는 건 젊음이 우리 안에서 숨 쉬고 있다는 걸, 시간이 젊음을 고스란히 남겨두었다는 걸 잊지 않는 일이기도 하다. 우리가 늙어도 우리의 기쁨은 젊으며, 우리의 고통 또한 젊다. 노년은 과거에 맛본 모든 행복에 대해 치러야 할 대가가 아니다. 우리의 신분증을 제시해야 할 창구가 아니다. 노년은 부동성이 아니라 항구적인 움직임이고, 우리가 닻줄을 풀고 떠나는, 위험하지만 즐거운 여행이다. 천진함을 고수하고 계속 자기 자신으로 남는 여행.

✤

　노화는 사회적 건축이다. 일부 권리들에는 진전이 있었지만, 오늘날에도 여전히 여성을 평가절하하는 방식을 보면 여성으로 늙는 것이 남성으로 늙는 것보다 훨씬 힘들다고 말할 수 있을까? 안타깝게도 모든 지표에 빨간불이 켜진다. 먼저, 옛날이나 요즘이나 늙은 여자는 두려움의 대상이다. 루시용 지역에서는 사순절에 발이 일곱 개 달린(사순절의 7주) 늙은 여자의 모습을 한 꼭두각시를 공공장소에서 태우곤 했다. 이탈리아에서는 사순절의 네 번째 일요일에 '노파 톱질하기'라는 축제를 거행했다. 한 여자를 두 동강으로 잘라 불에 던져 넣는 시늉을 하는 행사였다. 그 마지막 '집행'은 1747년에 파도바에서 있었다. 세상 곳곳, 모든 문명에서 늙은 여자는 저주와 마법을 품은 존재로 여겨졌다. 고대에 늙어가는 여자들은 노예처럼 모든 권한을 박탈당했고, 늙은 남자들과 달리—이들에게는 나이가 하나의 특권이 될 수 있었다—어떤 자문의 역할도 할 수 없었다. 늙은 여자들은 규칙 밖에 자리했다. 아주 어려서 결혼한—로마에서는 열두 살부터—여자들은 도시국가의 무대에서 사라졌고, 남자들의 삶에 결코 끼어들지 못했다. 일부 아프

66

리카 문명에서 여성들의 정치적 참여 부재는 출산 능력이 불러일으키는 두려움과 연계된다. 그렇다면 여성이 늙어서 폐경이 되면 덜 위험한 존재로 여겨져야 마땅하다. 그런데 실제로는 정반대의 일이 벌어진다. 폐경기에 이른 여성은 피를 흘리지 않기 때문에 열기가 몸 안에 축적되고, 그 열기가 큰 무질서를 낳는다는 이유로 종종 마녀로 단죄되는데, 남편이나 남자 형제의 권위 아래 있지 않은 여성의 경우에 특히 그렇다. 그런 여자는 더는 아이를 낳지 못하므로 질투한다고 의심받고, 원칙적으로 포기해야 마땅할 성관계를 계속한다면 더더욱 못마땅한 눈총을 받는다. 여자가 정사를 나눌 대상으로 선택한 남자를 병들어 죽게 만들 위험이 있다는 것이다. 프랑수아즈 에리티에*는 『남성형/여성형 II Masculin/Féminin II』이라는 책에서 20년 전에, 특히 부르키나파소의 여러 마을에서 내쫓겨 밀림에서 죽도록 방치된 늙은 여성들에 주목했다. 그 관습은 오늘날까지 계속되고 있어 NGO들과 종교단체들이 그곳 여성들을 도우려 애쓰고 있다. 인도의 전통적 환경에서는 지금도 배우자를 잃은 여성에게 남편의 죽음에 대한 책임을 지운다. 그래서 그런 여성을 추방하는데, 추방당한 여성은 사지가 절단되거나 죽임당하지 않기 위해 사원 근처의 마을로 달아나 그곳에서 신에게 기도와 노래를 바치며 비참한 삶을 산다. 마녀,

---

* 프랑스 출신 인류학자(1933~2017).

미친 여자, 노파는 사회의 상징적 질서를 깨뜨리는 존재들이
다. 이 여성들이 있는 모습 그대로 존중받는 문명은 드물다. 키
쿠유족의 늙은 여자는 '부활한 조상'으로 여겨지고, '지혜로운'
존재라는 평판을 얻어 마을의 일들에 관여한다. 세네갈의 월
로프족과 세레르족 사회에서 왕의 노모는 백성의 숭배를 받는
다. 검은아프리카 곳곳에서 딸의 남편과 아들의 아내를 선택
하는 건 늙은 여자들이다. 늙은 여성을 향한 이런 존중과 그
들에게 부여되는 전능한 힘은 여성들이 나이가 들면서 여성성
을 잃고 점점 더 남자들과 비슷해진다는 사실에서 비롯한다.

*

"어떤 편이 나을까? 정원에서 단명하는 생화 한 송이가 나
을까, 식물 표본에 영원히 남을 말린 꽃 한 송이가 나을까?"
　―블라디미르 장켈레비치.

*

우리는 늙은 여자를 아름답다고 말할까? 그렇다. 하지만
대개 조롱 어린 말이다. 오히려 늙은 여자가 아직도 멋부린다
고 말한다. 저 여자 좀 보세요. 몸에 꼭 맞는 요란한 색깔의
옷을 입고, 하이힐도 신고, 머리를 탈색하고 길게 길렀네요.

좀 보기 딱하네요. 물론 '쿠거cougar'*—자신보다 어린 연인을 고르는 여자—현상은 한때 주목받았지만, 이제는 그런 얘기를 덜 한다. 쿠거 여성은 무분별한 행동을 하려면 몸을 숨겨야 한다. 19세기에 여성은 서른 살이면 이미 제 삶을 실현했든지 아니면 모든 기대를 저버린 존재였다. 발자크는 잘못 결혼한 쥘리**라는 인물을 통해 그런 여성을 영원히 후세에 남겼는데—저자는 이 텍스트에서 결혼은 합법적 매춘이라고 썼다—이 여주인공은 자신이 사회규범의 인질이자 노예라는 사실을 깨닫는다. 쥘리는 저항한다. 아직 젊은 그녀는 살롱에서 만나는 여자들처럼, 잔뜩 주름진 비장한 얼굴을 한 늙은 부인네들처럼 자신이 늙어가는 걸 보고 싶지 않다. 곧 칩거해서 숨어 사는 일밖에 남지 않게 될 터인 그 여자들을 보면 겁이 났다. "늙은 여자의 머리는 더는, 길들어 있는 온갖 우아한 생각들이 무너지는 걸 보며 질겁하는 경박한 세상 사람들에게도 속하지 않고, 세상에서 아무것도 발견하지 못하는 천박한 예술가들에게도 속하지 못하고, 시인들에 속한다." 발자크가 보기엔 오직 시인만이 노인의 아름다움을 해독하고 이해한다. 다른 모든 이들은 그 아름다움을 피해 달

* 쿠거는 북미에 서식하는 고양잇과 동물로 먹잇감을 찾을 때까지 어슬렁거리는 특징을 지녀서, 밤늦도록 파트너를 찾아다니는 나이 든 여성을 가리키는 속어로 쓰인다.
** 『서른 살의 여자La Femme de trente ans』의 여주인공.

아난다. 그러니 사라지는 것이 유일한 출구다. "그림자처럼 지워져 그저 추억이 되길 바라는 늙은이들에게 우리가 무엇인들 용인 못 할까?"『인간 희극La Comédie humaine』의 저자가 보기에 한 여성의 삶에는 네 가지 나이가 있고, 각 나이는 새로운 여성을 창조한다. 그러나 마흔다섯을 넘어서면 끝이다. 여성은 더는 존재하지 않는다. 그 시대의 사망률을 보면 그의 생각이 옳다고 말해야겠다. 더구나 작가 자신도 쉰한 살에 사망했다. 그렇다면 조르주 상드가 생애 마지막 3분의 1을 살면서 보여준 식도락과 에너지는 어디서 온 걸까? 그녀는 노년이 자신에겐 완수의 시기였음을, 바라는 것을 마침내 하도록 스스로 허용하는 시기였음을 조금도 감추지 않았다. 그녀는 플로베르에게 이렇게 썼다. "곧 당신 생애에서 가장 행복한 나이에 들어설 거예요. 노년 말이에요." 생트뵈브를 비롯해 그녀의 친구들은 '그녀의 일탈'을 추켜세웠다. 그녀는 오랫동안 연인을 수집하다시피 했고, 필요할 때 그중 한 사람을 불러내곤 했는데, 육체적 욕구의 실현이 그녀에게 얼마나 중요한지 줄곧 설파하며 자신의 독립과 자유를 끊임없이 강조했다. 그녀에겐 열정의 단련이 한 가지 삶의 원칙이었다. 몸이 원하면 정신은 따라갈 수 있다. 그녀는 "이마가 벗어지고 흰 턱수염이 난, 시간이라는 이름으로 불리는 선교사의 설교"에 맞서 저항한다. 쾌락의 결핍은 그녀의 취향이 아니지만, 그녀는 오늘날 같으면 '자기 몸에 귀 기울이기'라고 불렀

70

을 일을 실행에 옮긴다. 그러다가 시간이 더는 제 몫을 요구
하지 않는 어느 순간이 온다. 그녀는 그 순간에 주의를 기울
이되 당황하지 않고, 새로이 천진함에 다가서는 기회로 여긴
다. 일정한 나이를 넘어서면 자기 성생활에 대해 용감히 얘
기하는 여성은 드물다. 브누아트 그루는 조르주 상드처럼 육
체적 사랑을 나누는 것을 노화를 느끼지 않기 위한 만병통
치약처럼 활용했다. 육체적 사랑은 그 모든 리프팅보다 훨씬
효과적이며—게다가 기분 좋은 것이다!

사후에 출간된 『아일랜드 일기Jornal d'Irlande』에서 브누아트
는 휴가지에서 자신이 어떻게 남편 폴을 버려두고 연인인 커
트를 만나러 갔는지 이야기한다. 그녀의 연인은 온종일 그녀
에게 사랑의 말을 속삭이며 사랑을 입증해 보인다. 폴은 그
렇지 못하다. 그는 자기 마음을 털어놓지도 않고, 더는 그녀
를 어루만지지도 않는다. 커트는 느닷없이 발동이 걸려 하루
에도 여러 차례 그녀를 갈망한다. 그런 관계가 35년이나 이어
진다. 브누아트가 이런 결론을 내릴 정도다. "그는 내 아내다.
내게 필요한 건 아내다. 감미롭고 헌신적이며 필요할 때는 사
라질 줄 아는 여자. 게다가 밤에는 남자가 되는 기적까지 일
어난다." 사랑이 그녀가 낭떠러지로 떨어지지 않게 해준 걸
까? 그녀는 노화에 대해 그렇게 말할까? 그녀는 자신이 늙었
다고 보지 않는다. 늙은 자신을 상상하지 못한다. 타인들의
노화는 본다. "폴은 일찍 늙었고, 커트는 늦게 늙는다. 나는

내 주름 말고는 어떤 노화의 징후도 느끼지 못한다……." 일흔아홉 살이 되어서야 그녀는 자기 몸이 무거워지고, 피곤해지고, 욕망이 무뎌지는 걸 느낀다. "나는 새로운 나라로 들어섰다. 아직 실제 삶을 걱정 없이 유랑하고 있긴 해도, 경계를 넘어섰다." 딱하게도 브누아트는 자신이 생각한 것보다 훨씬 빨리 치매로 인지불능 상태에 빠졌고, 그녀의 딸 블랑딘 드 콘느는 어머니의 자유를 강변하며 『돌아가신 어머니La Mère morte』에서 어머니의 비극적인 종말을 전한다.

자기 욕망을 주장하는 중년 여성들에게 가해지던 치욕의 시간은 완전히 끝난 걸까? 제인 폰다는 여든 살이 되어서야 '폐점할' 수 있었다고 말한다. 그전까지는 성性과 우정이 필요했으며, 일흔 살에는 새 남편과 사랑의 황홀경을 경험했다고 말한다. 노엘 샤틀레는 『양귀비꽃 여인』에서 일흔 살의 과부를 무대에 올린다. 놀랍게도 그 여성은 어느 카페에서 동년배 남자를 보고 사랑에 빠진다. 자식들이 늙은 부인이라는 범주에 분류해버려 어떤 성생활도 상상할 수 없었던 이 여성은 차츰 세상을 다르게 지각하기 시작한다. 참으로 감미로운 이 남자의 욕망이 그녀의 욕망을 일깨운다. 그가 그녀에게 보여주는 배려로 그녀는 처음으로 욕망의 주체이자 객체가 된다. '닫혔던' 그녀는 '열리고', 그 열린 틈으로 열정이 밀려든다. 눈에 보이지 않는 존재였던 그녀는 이제 환한 빛 가운데 산다. 구석으로 내쫓겼던 그녀는 '충만하고 열정적이며 주목받는' 인물로 변한다.

게다가 느림과 감미로움은 아직은 금기시되는 이 주제에 관한 설문에서 가장 자주 얘기되는 두 가지 요구다. 슬로 섹스Slow sex. 일본—세계에서 가장 고령화 국가인—에서 노인들을 위한 에로티시즘은 수익 좋은 시장이다. 도쿠다 시게오는 이 새로운 관능적 실행의 대가 중 한 사람이다. 그는 여든다섯 살이고, 세계에서 가장 나이 많은 포르노 배우다. 그가 여행 가이드 일을 그만두고 자신의 매력—뚜렷한 탈모, 작은 키, 평범한 외모—으로 진짜 사업을 할 수 있다는 사실을 깨달은 뒤로 그의 비디오—350편이 넘는—는 엄청난 성공을 거두고 있다. 일본은 인구 중 3천만 명이 65세 이상이다. 포르노 시장은 나날이 성장하고 있다. 제대로 이해해야 한다. 도쿠다 씨는 쓰리피스 정장을 입고 여자들의 손가락을 핥거나 발을 애무해 상대를 황홀경에 빠뜨린다. 일본에서는 오래전부터 섹스 로봇이 사랑을 흉내 냈다. 로봇 머릿속에 장착된 컴퓨터는 좋아하는 행위를 하도록 프로그래밍되어 있다. 이 인형들은 일부 요양원에서 노인들이 쓸 수 있도록 마련되어 있고, 혼자가 된 남자들에게 인터넷으로 배달되기도 한다. 미국에서는 매우 흥분한 나이 든 부인들을 위한 MILFMoms I'd like to fuck라는 특별한 유형의 비디오에서 볼 수 있는 건, 같은 유형의 편집광적인 에로티시즘이 아니다. 나이

든 여성들은 더 빠르고 더 강한 것을, 더 자주 요구한다. 노년 대상 섹스 시장은 세계 곳곳에서 호황을 누리고 있다. 인구통계 자료를 고려해보면, 남성이 여성보다 덜 오래 산다. 프랑스에서는 현재 여성 여덟 명에 남성 두 명의 비율로 요양원에서 공동생활을 하고 있으며, 대개 여성들이 수가 적은 남성들의 마음에 들려고 애쓰며, 그 일로 일부 요양보호사들은 충격받고 입주자들의 행동을 벌하기도 한다. 보건부는 요양원도 생활공간이고 사랑이 금지된 곳이 아니라는 사실을 밝히며, 2018년 여름에 노인들을 위한 성_性 건강에 대한 국가 전략을 상세히 짠 로드맵을 세울 정도였다. 프랑스에서는 이 주제가 아직 금기로 남아 있고 인식 또한 뒤처져 있다. 설문조사에서 70세 이상의 여성 수십 명에게 이 주제에 관해 물어보면 대부분이 이렇게 털어놓는다. "늙고 나서는 적어도 이 부담은 벗어버렸어요." '부부간의 성적 의무' 없고, 성이라는 창구를 거쳐야 한다는 강박 없는 새 삶의 시기의 이 라이트모티프는 선대의 가부장적 질서를 정당하게 비판하는 젊은 페미니스트 세대들의 성찰과 만난다. 동의를 거부하는 이 사회를 떨쳐버리려고 최대한 빨리 늙기를 바랄 수는 없다. '나는 늙을수록 살아갈 준비가 된 느낌이다'라는 부제가 붙은 『가을Automnes』이라는 멋진 책에서 크리스틴 조르디스는 친구들과 함께 나눈 대화를 다음과 같이 전한다. 친구들은 나이가 들면서 눈에 보이는 것에 노력을 집중한다. 얼굴과 전반적인 외모에. 그리고 몸에는 점차 투자를 중단한다. 어떤 여성들은 나이가 들어도 애정 생활을 끝내지 않길 바라고, 누군가의 마음을 얻고 유혹하는 일을 예속이라고 여기는 다른 여자들은 이 삶의 시기를 뜻밖에 얻은 자유의 시간으로 접근한다. 그들은 나이와 더불어 눈에 띄지 않게 되면서 남성적 지배와 자신에 대한 근심을 떨쳐버린 새로운 세계에 들어선다. 이 새로운 '나이의 신비주의'에는 불교의 위대한 스승들을 읽을 가능성이, 풍경을 응시하는 데서나 음악이 주는 강렬한 기쁨에서 힘을 얻을 가능성이 동반된다. 요컨대 노년은 새로운 탄생처럼 여겨지는 것이다.

2007년 스위스에서 새 직업이 생겨났다. 섹스 도우미라는 직업이다. 개인에게 제공되는 서비스로 인정되고 규제도 받는 이 직업에 종사하는 남녀 도우미들은—대개 다른 직업을 병행하는데—나이 많은 사람들이 성생활을 되찾도록 돕는다. 덴마크의 요양원들에는 입주자들이 이용할 수 있도록 포르노그래피 비디오가 준비되어 있고, 방마다 '입실 사절'이라는 팻말이 마련되어 있다. 수년 전부터 퀘벡에서 '내밀한 공간' 실험은 큰 성공을 거두고 있다. 프랑스에서는 전문 잡지에 실리는 약품 광고나 예전에는 금기시되었던 이 주제에 관한 연구들에서 관점의 변화가 보이는 것 같지만, 그 변화가 아직 공공기관까지 파고들지는 못하고 있다.

나이 감각은 여성보다 남성에게 더 큰 타격을 입힐까? 남자들은 대개 스스로 실제보다 덜 늙었다고 느끼고, 동반자가 자기보다 늙었다고 생각하는 경향을 보인다. 그래서 일부 남성들은 마치 자연법칙이라도 되는 듯이 동반자를 바꿔댄다. 머리가 희끗희끗한 남자는 딸 나이일지도 모를 젊은 여성과 다녀도 따가운 눈총을 받지 않을 수 있다. 나이 지긋한 여성이 젊은 남자와 함께 외출하면 그렇지 못할 것이다. 늙어가는 남자들은 자신의 성적 능력이 감퇴하는 걸 종종 불안해한다. 문학에는 그런 유형의 예들이 넘쳐난다. 가와바타 야스나리의 『잠자는 미녀』는 그런 유형의 완벽한 거울을 제공해준다. 어느 외딴 여인숙은 늙은 남자들만이 들어가 젊은 처녀들 곁에서 쉬고 잠잘 수 있는데, 정사를 나눌 권리는 없다. 그들은 흡혈귀들이 희생자의 피를 빨듯이 처녀들의 아름다움을 눈으로만 흡입한다. 어쨌든 이 남자들은 여자들을 자신들이 원하는 대로 '다룰' 능력이 더는 없다. 인위적으로 잠재운 여자들 곁에 눕는 것만이 그들의 사라진 쾌락을 좇는 허망한 위로가 된다. 그들은 이른 아침 숙박비를 치른 뒤 밤새 꾼 꿈을 위안 삼고 다시 떠난다. 이 남자들의 점점 더 힘들어진 발기를 돕기 위한 이 외설적인 순결 추구는 가장 케케묵은 환상 가운데 하나다. 노출 취미, 관음 취미는 기를 써서 죽음을 멀리하려고 드는 사람들의 가련한 양식이다. 나이는 당신이 소유한 무엇이 아니라, 당신이 느끼는 무엇이다.

그들은 모두 스스로 자신감 넘치고 유쾌한 남성성을 갖췄다고 믿고 도취했다. 달리 행동하는 건 불가능하다. 일흔의 나이에도 유혹자 행세를 하지 않을 수 없는 문학 교수 데이비드 케페시는 그렇게 생각한다. 그러면서 죄책감은 전혀 느끼지 않는다. 그가 삶의 관능적 영역과 아직 연계되어 있다고 느끼는 건 그의 잘못일까? 『죽어가는 짐승』에서 필립 로스는 뉘우침을 모르는 이 유혹자의 마음 상태를 묘사한다. 그는 흔들의자에 앉아 텔레비전 앞에서 파이프 담배를 물고 얌전히 늙어갈 각오를 하지 않는다. 그건 정말이지 그의 취향이 아니다. 그래서 그는 교수라는 자기 직위의 마지막 특혜를 이용한다. 그의 정복을 늘려줄 어장 격인 파티에 여학생들을 부르는 것이다. 젊은 여자들의 나이가 그의 나이의 3분의 1밖에 되지 않는다는 사실은 중요하지 않다. 젊은 여자들이 그를 만나는 것이 그의 나이에도 불구하고가 아니라 나이 때문이라고, 그는 확신한다. 그렇다. 여자들은 그걸 좋아한다. 때때로 그는 정사에 충분히 능수능란하지 못하다고 판단되는 여자들에게는 개별지도를 해준다. 여자들이 그의 수준에 맞먹는 경우는 드물다. 따라서 그는 고삐 풀린 사냥을 이어간다. "우리가 삶의 오래된 추시계에 맞춰 살지 않는다면 사람들에게 충격을 안길지도 몰라. 내가 다른 성년들의 정숙한 눈길을 기대할 수 없다는 걸 알아. 하지만 내가 뭘 할 수 있겠어. 내가 알기로는 내가 할 수 있는 것이 아무것도 없지만,

아무리 나이가 들어도 아무것도 잠잠해지지 않는데?”

＊

“미완성의 출생에 항상 재탄생을 더해야 한다.”
—파스칼 키냐르.

＊

키냐르가 인용한 세네카는 장엄한 텍스트「인생의 짧음에
대하여」에서 자기 삶을 사는 것과 그저 존재하는 것을 구분
짓는다. ‘진짜’ 노인은 자기 삶을 산 자이고, 다른 노인들은
흘러가는 삶을 그저 지켜볼 뿐이다. 삶은 중단 없이 참으로
빨리 진행되는 여행이어서 우리가 자칫 한눈팔다가는 비껴
갈지 모른다.

＊

“도약에 힘쓰고, 짐을 줄여라. (…)
죽는 순간까지도 도약에 힘쓰라.
무無 속으로 뛰어들라.”

나이는 당신을 미치게 만들 수 있는 감정이다. 2018년에 한 네덜란드 시민은 일자리를 찾지 못하자 국가를 고소했다. 그는 스스로 예순아홉 살이 아니라 마흔아홉 살로 느끼기에 자신의 '객관적' 나이 때문에 당하는 차별에 괴로워한다. 따라서 자신의 논리에 따라 국가에 손해배상을 청구한 것이다.

오늘 아침, 어느 안경점 진열창에서 무척 나이 많고 매우 아름다운 어느 여성이 봄 컬렉션의 신상품 안경을 쓴 흑백 사진을 보았다. 얼마나 멋진 아이디어인가! 지하철로 내려가니 새 생수 광고판이 눈에 띈다. 보통 때 물의 순도를 광고하는 건 볼이 통통한 아기들이다. 오늘은 한 여성이다. 나이가 꽤 지긋하고, 무척 아름답고, 아주 느긋하고, 흰 머리를 땋아서 옆으로 늘어뜨렸고, 화장기 없고, 아기의 몸이 그려진 흰 셔츠를 입은 여성이다. 그녀는 미소 지으며 우리를 바라본다. 슬로건은? '젊게 살자Live young'. 모델 여성에게 완벽하게 어울리는 말이다. 저녁 일간지에 실린 보험회사 전면 광고에서는 머리가 희끗희끗한 부인이 장난기 어린 미소를 띠고 이렇게 말한다. "누가 내 나이를 물으면 나는 좋아요." 나도 그렇다! 나이가 갈망할 만한 주제가 된다면 어떨까?

우리는 늙는 법을 배울 수 있을까? 내 생각엔 그럴 것 같지 않지만, 우리는 내면에서 낯선 변증법을 감내한다. 한편으로는 모든 것이 우리에게 포기하도록, 더는 소리를 내지 말고 단념하도록 촉구한다. 다른 한편, 우리는 경기장을 떠날 이유가 없다고 생각하고, 심지어 세월의 축적이 경험이라고 당당하게 확신하기에 이른다. 그러면 우리는 아리오스토의 기사*가 자신이 죽은 걸 잊고서 다시 전투에 나서듯이 다시 출발한다.

사라진 우리 친구들은 우리가 천국에서 다시 만나게 될 때 몇 살일까? 라고 프랑수아 모리아크는 자문한다. 비신도들에게도 던지는 기이한 질문이다. 친구들이 떠나는 걸 지켜보며 우리는 처음으로 나이를 느낀다. 떠나가는 이들이 늙어서가 아니라 그들이 너무 젊기 때문이다. 그런데 왜 저 친구들은 떠나고 나는 남았지? 처음 지켜보는 죽음들은 우리 삶에 독을 푼다. 고통의 감정에 몰이해의 감정이 더해진다. 자연스럽고, 확실하고, 만져지지 않는 그 감정, 충만한 실존의 감정은 영원히 상처 입은 채 남는다. 떠난 친구들과 함께 나의 일부였던 감정도, 속내 이야기도, 감각도, 비밀도 떠났다. 그러므로 늙는다는 건 친구들을 잃는 일이다. 사라지는 사

* 시인 루도비코 아리오스토가 쓴 서사시 『광란의 오를란도』에 나오는 기사.

람이 늘어나는 데—피할 길 없는 일이지만—나는 도무지 익숙해지지 않는다. 알던 사람들이 떠날 때마다 도의를 지키려고 장례식에 참석하는 한 친구가 있다. 나는 그 반대로 한다. 아주 가까운 사람이 아니면 장례식에 가지 않는다. 죄책감도 없다. 늙을 줄 안다는 건 이런 죽음의 소환에 포위당하지 않는 것이고, 죽음을 부인하지 않되 죽음의 강력한 힘을 생각해 그것을 멀리하는 것이다. 파스칼 키냐르의 표현을 다시 빌리자면 "생생한 삶"은 사방으로 뻗어 나간다. 그것은 내재성 속에 살며, 계산하지 않고 뛰어든다.

"그는 늙지 않았고, 죽음을 여전히 싫어한다. 그는 결코 늙지 않을 것이며, 언제까지고 죽음을 싫어할 것이다."
—엘리아스 카네티, 『죽음에 맞서는 책』.

그는 마을 광장의 시계들이 멈춰 선 걸 본다. 시신을 실은 수레가 덜컹거리다가 인도 위에 관을 쏟아붓자 관에서 팔 하나가 빠져나와 도움을 청한다. 이 퇴직 의사의 하루는 이런 꿈으로 시작한다. 그는 의사로서 참으로 오랫동안 일해온 도시로, 50년 헌신을 치하하는 명예학위 수여식에 참석하러 가야 한다. 밤새 꾼 꿈에 사로잡힌 채 그는 아들이 원치 않는 아이를 임신한 며느리와 함께 차를 타고 95세의 어머니를 찾아간다. 어머니는 이기적이며 괴팍해서 당신의 고독에 대해, 자식과 손자 들의 무관심에 대해 빈정거리며 투덜거린다. "물론 나한테 한 가지 결점은 있지. 죽지 않는다는 것 말이야." 감독 잉마르 베리만은 영화 〈산딸기〉에서 나이라는 생각 자체를 분쇄해버린다. 나이를 알 수 없는 노파는 세상에서 가장 젊고, 가장 신랄한 여자다. 서른 살의 젊은 아들은 엄마를 '진짜 불꽃' 같은 여자라고 말한다. 아들 역시 의사인데, 그는 스스로 아주 늙었다고 느끼고, 아이 갖기를 거부하는 걸 자기 아내에게 이런 말로 변명한다. "내가 살아 있어도 죽은 게 당신 눈엔 안 보여?"

＊

죽음에 맞서 싸우기로 작정한 이들은 다른 사람들보다 늦게 늙을까? 장켈레비치는 그렇다고 말한다. 그는 절대로 죽음을 생각하지 않는다고 주장하며, 마치 좋은 요리법이라도 소개하듯이 우리에게도 똑같이 하라고 용기를 북돋운다. 그에게 늙는다는 건 변화의 불가역성을 사는 일이다.

미래에 대한 입맛을 간직한 채 향수에 빠지지 않고 노년으로 가기 위해 반드시 거쳐야 할 문을 어떻게 열어둘까? 이제 나는 아직 할 수 있다고 아는 것을 한다. 얼마 동안이나 이럴 수 있을까? 우선 나는 내가 안다는 걸 확인한다. 내 능력을 끊임없이 점검하느라 내가 너무 번거롭게 사는 것 아닐까?

클로드 랑즈만은 『파타고니아의 산토끼Le Lièvre de Patagonie』에 이렇게 쓴다.

나는 세월이 축적되는 동안 현시대와, 이를테면 '나의 시간'과 나를 분리할 생각을 한 번도 해보지 않았다. 내 시간은 내가 속해서 사는 절대적 시간이고, 세상이 점점 더 내 마음에 안 들지라도—그럴 만하잖나—절대적으로 나의 시간이다. 은퇴도 후퇴도 않고, 나는 늙는다는 것이 무엇인지도 알지 못하며, 무엇보다 젊음이 세상의 젊음을 보증한다.

안타깝지만 사라져가고 있는 이 세대가 무엇이 되었건 제 활동에 변화를 주고, 제 일상의 삶을 바꾸고, 제 나이에 관심을 기울이는 건 생각할 수 없는 일이다. 나이는 진지하게 고려해야 할 삶의 소재가 못 되고 있다. 사람들은 거부를 통해서가 아니라 생존 본능으로 앞으로 나아가듯이 살아간다. "누군가에게 최악의 죽음은 자기 삶의 중심을, 진정한 자기 자신이 되게 해주는 것을 잃는 일이다. 은퇴는 언어에서 가장 혐오스러운 말이다. 우리가 은퇴를 선택하건 혹은 운명이 우리에게 강요하건 우리를 규정하는 활동들을 포기하는 건 무덤에 들어가는 것과 맞먹는 일이다"라고 헤밍웨이는 썼다. 사회는 시간이 흘렀다고 우리에게 거듭 말한다. 시간은 나아가고, 우리는 시간을 받아들이고, 심지어 앞지르고, 혹은 이오네스코가 했듯이 자발적으로 거부할 수 있다. "아니, 난 그들과 같지 않아. 그들이 아니야. 내가 여기저기 몸이 불편하긴 해도 그들보다 훨씬 젊다는 걸 알고, 그렇게 느끼고 있어." 누가 늙었는가? 요즘은 50세에 이르면 늙은 것으로 간주된다. 회사에서 명예퇴직을 권할 때, 그들은 당신을 '표적으로 삼고', 당신이 이미 '부담'이 되고 있음을 이해시키고, 미리 떠나도록 내몬다. 다시 일을 찾는 건 심리적으로는 십자가의 길이고, 경제적으로는 도박이 된다. 그만큼 나이가 차별의 준거로 쓰이기 때문이다.

그리 오래지 않은 예전에는 "삶에 들어섰다"라고 말하곤 했다. 우리는 어른이 되었다. 남자들은 군복무가 끝나면, 여자들은 첫 직장을 얻거나 결혼을 하면. 그렇게 우리는 '분류' 되었다. 오늘날엔 젊음이 모든 연령층의 이상이 되었다. 인구 통계학자들이 보기에 성인들은 제 청소년기를 뒤로한 채 그 의식과 겉모습은 간직하고 있다. 노인들은 능력껏 우리 사회의 범주 규율들을 따르려고 애쓴다. 다시 말해, '젊음을 간직하려고' 애쓴다. 청춘은 모든 실존의 이상적인 가치가 되었다. 그럼으로써 노년의 나이를 완수가 아니라 과잉, 찌꺼기, 심지어 무의미라는 생각으로 내몬다.

　오랫동안 우리에겐 나이가 없다. 나이 문제는 우리 머리를 스치지조차 않는다. 우리 앞엔 미래가 놓여 있을 뿐이다. 우리가 궤도에 올라서 있으며, 이미 시작한 것을 계속 반복해야 한다고 생각하지도 않는다. 삶을 바꿀 수 있거나 그럴 수 있다고 믿고, 다른 길로 접어들 수 있다고 믿는다. 그러다 어느 날 우리에게 나이가 생긴다. 그 인식은 불쾌한 맛을 안긴다. 우리는 삶을 다시 시작하지 못할 테고, 삶을 창조할 수는 더더욱 없을 테고, 아마도 과거가 미래를 미리 설정해두었으리라는 것도 안다. 더 잃을 게 없다는 감정이 다시 떠오른다. 나는 더 이상 예전 같지 않다. 무한한 가능성이 펼쳐져 있지 않다. 나는 생물학적 나이가 아닌 사회적 나이에 동화된다. 하나의 범주 속에 정렬된다. 사람들이 정렬시키는 나를 받아들인다. 그 범주 속에 들어서면 반항의 강도가 낮아지고 위험은 두려움을 안긴다. 나는 나를 정립하고 하나의 칸막이 속에 들어앉는다. 그곳에서는 내 나이에 맞게 사회가 기대하는 것에 부합하지 않으면 내게 득이 되지 않는다. 내 나이의 무게를 짊어진 나는 스스로 점점 더 무거워진다고 느낀다. 오직 내 나이 때문에 내게 전해지는 전언들에서 내 삶을 자산처럼 관리하는 편이 좋을 거라는 말을 듣고 읽는다. 나는 아직 조금 더 버텨본다. 나는 그저 내 과거 행위들의 총합이 아니다. 내가 내 몸의 주인도 기억의 주인도 아니라는 걸 잘 안다. 그러면서도 내 자유의 본능이 다스린다는 착각을 여전히 품고 있다—내 젊은 날의 망상일까? 유행병 이후로 노인들에 대한 집요한 공식 담론과 더불어 이 착각은 옅어졌다. 격리해야 한다고? 몇 살부터 언제까지? 앙드레 고르스는 1964년에 펴낸 「노화Le Vieillissement」라는 텍스트에서 이렇게 통찰했다. "노화란 우리가 창창한 미래와 시간을 가진 사람들에 더는 속하지 않게 되는 경험이다. 당신들의 진리로 비춰볼 때 이후가 있으리라는 건 사실이다."

✽

누구에게나 제 시간의 사다리가 있다. 볼테르는 예순 살에 칼라스 사건에 관심을 기울이기로 결심하고, 예순여덟 살에 풍자문을 출간한다. 3년 뒤에는 시르방 부부를 옹호하고, 일흔일곱 살에는 그들의 명예 회복을 얻어낸다. 말레르브는 일흔두 살에 루이 16세를 옹호한다. 베르디는 여든 살에 〈팔스타프〉를 작곡한다. 버트런드 러셀은 여든아홉 살인 1961년에 핵무기에 반대하는 100인 위원회의 위원으로서 평화 시위를 위해 대중에게 길바닥에 앉도록 권유한다. 보르헤스는 『브로디의 보고서』 서문에 70년을 보내고서야 마침내 자신의 언어를 찾았다고 쓴다. 반면, 프로이트는 루 안드레아스 살로메에게 예순일곱 살에 자신이 원한 적이 없건만 생명 없는 무감각의 등껍질이 자기를 에워쌌다고 쓴다. 그는 그것을 고령으로 얻어진 초연함이라고 명명한다. 샤토브리앙은 서른 살에 스스로 늙었다고 결정했다. "불행히도 나는 늙지 못해서 항상 늙고 있다." 그는 노화라는 말의 의미 변신을 누구보다 먼저 예감한 사람이다. 그러니까 어떤 이들은 노년의 젊음을 지각하고, 또 어떤 이들은 영원한 젊음을 느낀다.

나는 스테판 에셀의 책 『분노하라!』의 출간을 기억한다. 그가 아흔셋의 나이에 매일 아침 잠에서 깰 때와 저녁마다 잠들기 전에 기억을 잃지 않으려고 되도록 긴 시를 한 편 암송한다고 내게 설명할 때 그 눈길을, 그 생기를, 그 갈망을 기억한다. 우리는 어느 아프리카 식당에서 책의 성공을 축하했고, 밤늦게 악사들이 와서 지하 저장고에서 연주를 해주었다. 스테판은 (노신사인데) 즉석 무대에서 가장 먼저 춤을 추기 시작한 사람 중 한 명이었다.

마노엘 데 올리베이라가 그의 영화 〈안젤리카의 이상한 사건〉의 마무리 작업을 끝낸 16구의 작은 편집실도 기억난다. 그는 자신이 아흔여덟 살이나 먹었다는 데 놀란 듯 웃으며 극작술에서 피사범위 밖의 중요성에 대해 내게 설명했다. 삶은 축제라고, 그는 거듭 말했다.

나는 아녜스 바르다가 내게 다게르 길로 와서 커피 한잔 함께하자고 제안한 1월의 일요일을 기억한다. 나는 작은 꽃 다발 하나를 들고 도착했는데, 그녀는 오래도록 꽃다발을 응시하더니 꽃을 화병에 예술적으로 꽂았다. 그녀에게는 모든 것이 경이였다. 미나리아재비의 색깔, 형태, 그리고 다가오는 고양이, 감미로운 커피 향, 그리고 그녀가 준비해둔 렌틸콩 샐러드—바로 떠나지 않을 거지? 난 낮잠을 좀 잘 거야. 그러는 동안 넌 편집석에서 내 마지막 필름을 봐—난 한나절을 보내면서 그녀를 향한 사랑의 포로가 되었다. 나는 그녀의 세계 속에, 그녀의 말 속에, 그녀의 영상 속에 푹 빠져들었다. 저녁에 그녀는 나를 시네마테크로 데려갔는데, 그녀의 회고전이 끝나가고 있었다. 그녀는 자기 영화 〈제인 B〉의 소녀처럼 말했다. 열광, 의혹, 그녀의 예술 활동에 대한 질문들이 이어졌다. 아녜스는 창작의 충동 속에 자리하고 있었다. 일요일 늦은 저녁, 시네마테크의 광장 앞에 자리한 사람들은 모두 지쳐 집으로 돌아가고 싶어 했다. 하지만 그녀는 질문들을 다시 쏟아냈다. 헤어지기 전에 짓궂게도 그녀가 내게 물었다. "내가 몇 살인지 알아? 세상에, 아흔 살이야. 내가 그래 보여?"

2주 뒤, 그녀의 마지막 날*은 아주 바빴다. 그녀는 그날 하

* 아녜스 바르다는 2019년 3월 29일에 세상을 떠났다.

루를 아주 일찍 시작했고, 작품 하나를 끝내고 싶어 했다.
마지막 순간까지 그녀는 찾고 창작했다.

나이 경험

"우리가 완전히 진솔해지는, 오롯이
우리만의 뒷방을 하나 마련해두고,
우리의 진정한 자유와 주된 은둔지와
고독을 그곳에 두어야 한다."

—몽테뉴

2015년 초였다. 젊었을 때는 실험 삼아 노화에 관심을 기울인 최초의 인물 가운데 한 사람이었고, 지금은 스스로 자기 연구의 주체이자 대상이 된 인물을 만나려고 시도했다. 그가 전 세계를 여행하며 유럽 곳곳에서 강연하는 일정 때문에 바빠서 어려움을 겪다가 마침내 약속을 잡을 수 있었다. 그는 자기 나이를 감추지 않지만, 자신을 노인으로 보지도 않고 노인처럼 살지도 않았다. 그는 13구의 조용한 거리에 자리한 아주 작은 집무실에서 보자고 했다. 국립과학연구센터CNRS에서 명예교수인 그를 위해 마련해준 공간이었다. 예전에, 아주 오래전에 그는 학생들을 자기 아파트에서 만나곤 해서—나도 그의 학생이 되는 행운을 누렸다—열띤 대화가 저녁 내내 이어질 때도 있었다. 복잡성 사고의 창시자라고 불리는 그는 이제 파리에 아파트가 없다. 파리는 청년들만이 아니라 노인들에게도 너무 비싼 곳이 되었다. 그는 몽펠리에에 정착했다. 우리가 만난 날, 그는 인디언 핑크빛 셔츠를 입었고, 목에는 내가 수십 년 전부터 보아온 부적 같은 목걸이를 둘렀는데, 기분이 좋아 보였다. 나는 그에게 『되찾은 시간』의 이 대목을 읊어주었다.

그들은 노인이 아니라 극도로 시든 열여덟 살 청춘들이었다.

그는 조금도 스스로 '시들었다'고 느끼지 않고, 오히려 파릇파릇하다고 느껴서 내게 피카소의 이 문장을 날렸다. "젊어지는 데는 오랜 시간이 걸린다."

그것은 그의 오래된 계획이다. 에드가르 모랭이 레지스탕스에 가담하자마자 청춘기의 우울과 단절하기로 마음먹은 건 어쩌면 그가 아주 어려서 어머니를 잃었고, 청소년기에 이미 늙었다고 느꼈기 때문인지도 모른다. 그는 강박적이다 싶을 정도로 청소년기의 갈망들을 간직하겠다고, "성인으로 변질되지" 않겠다고 마음먹었다. 그것이 그의 중심주제가 되었다. 그는 그것을 이론으로 정립했고, 지금은 수년 전부터 그 이론대로 살고 있다. 자신에게서 육체적 쇠락의 징후들을 감지하고—점점 더 걷는 데 어려움을 느껴 특수 제작한 아주 멋진 지팡이를 샀다—, 건망증 때문에 보들레르나 위고의 시를 30분 동안 암송하지 못해 아쉬워하고, 건강관리를 특별히 하지 않는다고 말하는데, 반면에 이따금은 자신을 '아껴' 쓴다고 시인한다. 그는 자신이 무한한 힘을 지녔지만 쇠퇴하고 있다는 걸 안다. 그래서 가장 마음에 드는 일에 자기 시간을 '활용'한다. 독서, 여행, 사랑, 우정에. 그의 존재 능력은 끊임없이 확장된다. 그도 어쩌지 못한다. 그저 즐겁게 확인할 뿐이다. 그는 어떤 초연함을 지각하면서 줄곧 나이를 경험하고 있다고 말한다. 삶과 삶이 제공하는 작은 행복들에 끊임없이 감탄하며, 향락주의자처럼 그걸 누리고 공유하는 기쁨을 맛본다. 그를 보면 매혹된다. 그가 보는 이를 삶의 향연으로 끌어들이기 때문이다. 맑은 새소리, 파란 하늘, 향긋한 버섯볶음, 화창한 햇살 아래 마시는 커피, 공원에서 돌차기를 하는 어린아이의 동작. 그 강렬한 밀도는 그가 젊어서 레지스탕스 활동기에 용감하게 자기 목숨까지 걸었다는 사실에서 오는 걸까? 전쟁을 경험한 이들은 우리 베이비부머들처럼 미래를 지각하지 않는다. 나이는 세대 고유의 집단 경험이기도 하다. 에드가르는 그걸 잘 안다. 1967년에 그는 브르타뉴의 플로즈베에서 첫 지역 조사를 하면서 노인들을 만났다. 그들은 제1차 세계대전을 겪었고, 물도 전기도 없는 주거지에 살았으며, 그 지역에 처음 자동차들이 들어오던 때를 기억했다. 석유 등잔의 시절을 살다가 그 후엔 텔레비전에서 인간이 달에 착륙하는 걸 보았다. 그들에게는 늙는 것이 자연스러운 일이다. 소유물 때문에 자식들과 갈등을 겪는 것, 공동생활에서, 그리고 가족생활에서 점차 배제된다고 느끼는 것도 그들 모두의 몫이어서 저항할 이유가 없었다.

반면에 같은 세대의 도시 사람들은 노화에 맞서 저항했다.

그들은 엘리베이터 없는 주거지에서 계단을 내려오지 못하고, 항상 시커먼 옷차림에 쪼그라든 모습으로 서서히 꺼져가는 부모를 보며 끔찍이 싫었다. 그래서 그들 또한 죽음은 벗어나지 못하겠지만 노화는 벗어날 수 있다고 생각하게 되었다. 그들은 노화를 극복할 수 있을 것이고, 극복할 줄 알 것이다. 늙기를 원치 않는다면 그럴 수 있으리라 생각했다. 그들은 최종 만기는 회피하지 않았지만, 살기를 절대 멈추지 않고 가능한 한 늦게 죽기를 바랐다. 당시 사람들이 "쟁기를 푼다"라는 말을 사용하던 것이 기억난다. 노인들은 쟁기를 풀고 싶어 하지 않았다. 요즘 사람들은 가능한 한 일찍 연금을 최대한 받고 은퇴하기를 바라는데—그럴 수만 있다면 누가 불만을 품을까?—, 그러면서 동시에 몸이 불편하고, 거의 자는 듯하고, 회생 불가능하다고 판단되는 여러 연령층을 모든 책임과 활동에서, 도심에서 점점 더 난폭하게 배제한다. 비활동이 특혜가 되리라고 누가 우리에게 믿게 할까?

*

　노화를 대하는 태도는 우리 문명의 힘을 이루는 주된 주제 가운데 하나다. 죽음을 물러나게 하고, 노화를 완화하고, 예전에는 사회계약으로 존중받던 이 연령층을 다시 복귀시키는 건 꼭 필요한 일이다.

에드가르는 '젊은 노인'으로 남기로 마음먹었다. 자신이 원하는 대로 살기, 아흔여섯 살에 사랑에 빠지기, 자신만의 둘시네아와 결혼하기, 늘 일하기, 밤에 책 읽기, 인디언 셔츠를 계속 입기, 바다 수영하기, 느린 조리법으로 요리하기, 일출 감상하기, 초봄에 고지 방목을 떠나는 목동들을 따라 걷기, 우스개를 지어내며 친구들과 놀기, 세상의 거물들을 흉내 내기, 삼바춤을 계속 추기, 매일 새로운 시 한 편을 외우기, 6개월마다 새 책 한 권씩 쓰기, 다시 선생이 되기…….

그의 곁에 서면 나는 늙은이가 된 느낌이다. 진짜 늙은이가.

안과의사가 내게 꽤 복잡한 검사를 처방한 지 벌써 여덟 달이 지났다. 어떤 결과가 나올지 두렵다. 오랫동안 미루다가 결국 나는 아주 나이 많아 보이는 사람들만 그득한 대기실에 앉았다. 한 젊은 여자가 무슨 도표와 연필을 주며 나를 스크린 앞에 앉힌다. 나는 별자리 그림들을 마주하고 온갖 질문에 대답해야만 한다. 나는 겁에 질린다. 어두운 장막 하나가 나를 덮쳐오는 듯하다. 주변의 모든 사람이 조용히 질문지를 채우고 있다. 질문들이 정교할수록 더 떨린다. 겉보기엔 안 그래 보여도 나는 그곳에 자리한 모든 사람 가운데 내가 가장 나이가 많다고 결론짓는다.

＊

　오직 늙었다는 이유만으로 자기 자신에게만 빠져 지내는 사람들이 있다. 그래서 그들은 다시 저들끼리 무리 짓는다. 자신들을 보호해줄 경비들을 두고, 자신들의 젊은 시절을 생각나게 해서 질투심을 부추길지 모를 젊은 사람들로부터 멀리 동떨어진 수용소에서 산다. 그들은 자신의 현재 모습을 부인하기 위해 몸을 단련하고, 자신들의 한계를 밀어내고, 죽음에 대한 생각을 깨끗이 비우고, 그들 중 한 사람이 심각한 병에 걸리면 즉각 추방한다. 죽어가는 건 용납할 수 없는 일이다. 묘지라는 생각도 추방된다. 같은 것만 재활용되고, 동류끼리 살아간다. 보톡스 맞은 할머니들을 힐끔거리며 수영장 깊이 잠수하는 구릿빛 할아버지들을 보여주는 광고로 홍보되는 동류들의 삶이다.

　첫 번째 도시인 선 시티Sun City는 1960년에 어느 건축업자가 애리조나주에 세운 것이다. 이 건축업자는 제2차 세계대전 동안 일본인들을 위한 수용소도 건축한 인물이다(과연 우연일까?). 이 도시는 즉각 엄청난 성공을 거둔다. 최소 나이는 55세,

평균 나이는 78세. 고비용. 안전과 휴양이 두 가지 주된 슬로건
이다. 입주자 99퍼센트가 전국에서 찾아오는 백인들이다. 오늘
날 이 모델은 미국 곳곳에서 늘어나 유원지 근처에 이런 도시
들이 점점 더 많이 세워지고 있다. 안전 확보, 민영화, 집단주
의. 아이들의 존재는 바람직하지 않으며, 젊은 사람은 봉사를
하거나 부모를 방문하러 올 때만 (잠깐) 받아들여진다. 골프장,
수영장, 스포츠센터, 슈퍼마켓이 갖춰져 있어 4만 명의 입주자
들은 심심할 틈이 없다. 미국인 30퍼센트가 50년 후에는 이런
종류의 주거지에서 살게 될 것이다. 흰 피부와 흰 머리를 위한
이런 보호구역이 서양을 잠식하게 될까?

＊

　나는 아주 늙으면 어디에서 살까? 연인과 함께? 친구들과
함께? 아니면 혼자서?

＊

　보리스 비앙은 예지력 있는 작가였다. 『가슴앓이L'Arrache-cœur』
의 주인공 자크모르는 어느 마을에 와서…… 노인 장터를 운
영한다. 마을의 브로커가 노인들의 몸무게, 주름, 손상 상태에
따라 값을 매긴다. 마을 사람들은 값을 깎으려고 노인들의 상

태를 확인하겠다고 나선다. 어떤 이는 바지 단추를 열어보고, 또 다른 이는 입을 벌려보고, 그러는 동안 아이들은 다른 노인들을 쓰러질 때까지 두들겨 패기도 하고, 달리게 하기도 한다. 노인 장터는 모두가 아주 즐거워하는 대단히 인기 있는 축제다. 오직 자크모르만 분개한다. 그는 경매가 한창일 때 마을 사람들에게 묻는다. 그러고도 안 부끄러우세요? 대답 대신 그의 얼굴에 주먹이 날아와 입술을 터뜨린다. 그는 입안에 피맛을 느끼며 비틀비틀 마을을 떠난다.

보르헤스의 말을 듣자 하니 아르헨티나에는 다른 풍습이 있는 모양이다. 보르헤스는 「조모」*라는 제목의 경이로운 단편에서 100세 고령의 부인을 그린다. 가족과 친구들이 부인의 생일을 축하하려고 둘러싸고 아양을 떨며 반쯤 꿈속에서 사는 그녀에게 시간이 흐르지 않았다고 믿게 하려고 애쓴다. 맑고 평온한 눈길로 입가에 미소를 띤 채 부인은 매일 베고니아꽃을 매만졌다. 그 꽃들의 겸허하고 말 없는 삶은 그녀의 삶을 닮았다. 그녀는 하우레기 부인이라 불렸다. 그녀가 말년을 고요한 혼돈 속에 보냈으리라고 믿는다면 잘못 생각하는 것이다, 라고 보르헤스는 말한다. 우리 모두에게 현재는 동일하며, 현재를 사는 행복도 마찬가지다. 이 현재를 우리

* 『브로디의 보고서』에 실렸다.

는 아마도 하우레기 부인과 같은 방식으로 생각하지는 않겠지만, 같은 방식으로 공유한다. 같은 리듬으로 살지 않는 사람들을 무시하는 돌팔이 약제사는 되지 말자. 하우레기 부인을 생각하자. 왜냐하면 "우리가 매일 아침 잠에서 깨기 전과 매일 저녁 잠들기 전에 넘어서는 것이 바로 이 현재이니 말이다. 우리는 매일 두 차례는 늙은 부인이 된다."

※

성서에서 노년은 부단한 새 출발이고 약속이다. 그것은 상태도 범주도 아니며, 인간이고 역사다. 969세에 사망한 므두셀라를, 950세에 사망한 노아를, 930세에 사망한 아담을 떠올려보자. 아브라함은 91세에 하느님과 계약을 맺었다. 사라는 90세에 아들을 낳고 127세에 죽었으며, 아브라함은 175세에 사망했다. 가장 위대한 족장 가운데 일곱 명이 100세 넘게 살았다. 하느님이 처음에 삶을 120년으로 한계 짓고, 이어서 80년으로 한계 짓게 되기까지는 홍수를 기다려야 했다. 노년이라는 말은 무한한 기대처럼, 달성처럼, 간택처럼 울린다. 그것은 완성이다. 삶의 모든 잠재력이 비로소 발휘되기 때문이다.

❋

나이 경험이 사는 맛을 더 안겨줄 수도 있다. 고대부터 그 래왔다. 에우리피데스의 〈알케스티스〉*에서 페레스는 아들 아드메토스가 '나이 많은 아버지가 나 대신 죽어달라'고 부탁하자 이렇게 대답한다. "보다시피 내가 나이 많은 나를 위해 네가 대신 죽는 것도 면제해주니, 그 반대도 나 스스로 면제하겠다. 더 긴말 않겠다. 너는 사는 게 좋으냐? 그러면 네 아버지는 사는 걸 좋아하지 않을 거라고 생각하느냐? 나는 나대로 계산을 해. 내가 땅속에서 보낼 시간은 길고, 땅 위에서 살 시간은 짧아. 늙었다고 삶이 덜 달콤한 건 아니야……. 삶이 소중하다면 모두에게 소중한 거야." 에우리피데스는 명확히 밝힌다. 죽음의 창구에 우선권은 없다. 사후 세계의 왕에게는 부도 젊음도 무가치하다. 그 왕은 그를 멀리할 줄 아는 사람들의 힘과 용기를 높이 산다.

❋

언젠가 한낮의 거리에서 나는 꽃잎이 너무 활짝 벌어지고

---

* 그리스신화의 아드메토스 왕은 명이 다해 죽는 날 누군가 대신 죽겠다고 나서면 다시 살 수 있는 운명인데, 아무도 대신 죽겠다고 나서지 않자 그의 아내 알케스티스가 나선다.

무거워서 축 늘어진 꽃을 닮은 형체를 멀리서 보았다. 나는 다가갔다. 아주 나이 많은 부인이 두 손으로 빨간불 철제 기둥을 붙들고, 쓰러지지 않으려고 매달려 있었다. 고개가 기울어져 흰 머리카락이 목걸이처럼 목을 두르고 있었다. 나는 도움이 필요한지 물었다. 그녀는 내게 대답하지도 못했고, 움직이지도 못했다. 나는 그녀 곁에 머물렀다. 15분쯤 뒤, 깨끗한 작업복 차림의 근육질 청년이 그녀를 데리러 와서 내게 말했다. "매일 제게 자유의 시간을 달라고 주장하세요." 부인은 청년의 품에 안긴 채 떠났다.

❋

"기다리자. 보자. 우리가 할 수 있는 걸 하자. 우리가 모든 걸 하진 못한다. 조금 바보 같은 나이의 지혜도 경계해야 한다. 지칠 줄 모르고, 여유롭고, 정치적인 젊은 몸의 기억 속에 머물러야 한다. 그러면 정신이 당신을 그렇게 만들어준다. 그러므로 계속 정치적이어야 한다."

—피에르 기요타, 『잡문Divers』.

❋

우리는 우리에게 결핍된 것을 쓸쓸히 확인하면서 대개 나이를 경험한다. 건망증—이름이 생각 안 날 때면 요즘은 휴대전화를 꺼내 확인한다—, 호흡 달림—매일 하던 아침 조깅은 이제 그만—, 내 능력에 대한 신뢰 상실—내가 바라는 수준에 미치지 못할까 너무 두려워 차라리 줄곧 시도를 미룬다. 늙는다는 건 우리에게 영향을 미치는 결핍을 집요하게 부인하는 것일까? '나이 듦'은 사소하고 하찮아 보이는, 연이은 포기로 표현된다. 그 포기들은 우리를 구속하고 우리의 뜻과 반대로 우리를 쇠약하게 만드는 무-의욕의 골조를 이룬다. 이런 일은 은밀하게, 소극적으로 일어난다. 우리는 원하든 원하지 않든 우리 나이로 내쫓긴다.

늙는다는 건 타인들의 관심이라는 특권을 점차 잃어가는 걸 받아들이는 일일까? 우리가 늙었다고 선언하는 건 타인들일까? 아니면 우리 자신이 결정하는 걸까? 사회화는 언제나 인간의 가장 비밀스러운 내밀함을 형성한다.

우리는 자신을 지우기로 마음먹고 조금씩 멀어질 수도 있다. 세상의 소용돌이 속에서 감탄과 존경을 받으며 살았더라도. 클로드 레지는 아주 젊었을 때 스스로 늙었다고 느꼈다고 거듭 말했다. 늙고 추한 사람은 인기가 없었다. 그 때문에 그는 어려움을 겪었다. 그는 괴로워했고, 매력을 발산하지 못해 좌절했다. 그러다 서른 살을 넘기자 갑자기 그는 직장에서도 연애에서도 갈망의 대상이 되었다고 느꼈다. 그는 마침내 젊어졌다. 그리고 아흔 살까지 젊은 상태로 남았다. 『독수리들을 위한 향연Régal pour les vautours』의 저자이자 최고의 무대 연출가 중 한 사람이기도 한 그는 시간의 철학자요, 자기 자신의 변화를 탐구한 사상가이기도 했다. 세포 생물학에도 끌려 우리가 항상 죽고 재생하기를 반복한다는 이론을 알게 된 그는 삶의 종반기에 대한 자기 해석을 자신에게 적용했다. 그는 흔히들 연로하다고 말하는 나이까지 자신의 고통도 활동도 연구의 강도도 조정하지 않고 청년처럼 살았다. 그러던 어느 날, 그는 스톱, 이라고 말했다. 내가 숨을 헐떡이며 건물 꼭대기에 있는 그의 아파트에 이르렀을 때 그가 지었던 미소가 생각난다. "커피를 마시려면 한 층만 더 올라와요." 그의 친구들 모두가 그에게 그곳을 떠나라고 권했다⋯⋯. 그는 아랑곳하지 않고 서른 살이라도 되는 듯이 계속 그곳에 살았다.

어느 날, 그는 일본의 레지던시에서 차밭 한가운데 살며 한 달에 한두 번씩 나무로 만든 작은 극장에서 공연하며 지내던 중 곧 모든 걸 멈출 생각이라고 내게 털어놓았다. 그는 자신이 그렇게 많은 작업을 했다는 걸 믿지 못했다. 그저 그가 아는 건 아직 창작해야 할 공연이 두세 편 남아 있다는 사실이었다. 그러고 나면 끝이라고 했다. 나는 그 말을 믿지 않았다. 아무도 믿지 않았다. 그렇지만 그는 거듭 말했다. 나는 그의 마지막 공연이 될 작품, 게오르크 트라클이 각색한 〈꿈과 광기Rêve et folie〉를 보는 행운을 누렸다. 그는 어둠 속에서 마술사처럼 지휘했고, 우리를 호흡의 떨림 속으로 끌어들였다. 배우의 호흡, 시 텍스트의 호흡, 말로 형용할 수 없는 것을 향한 현기증 속으로. 그는 흡족해하지 않았고, 다음 날 있을 초연에 준비가 제대로 되지 않았다고 말했고, 데뷔하는 사람처럼 불안해했다. 다행히 다음은 없을 거야. 그가 자조하듯 말했다.

다음 공연은 없었다. 클로드는 자기 아파트를 떠났고, 잘 돌봐주는 곳이라며 요양원으로 들어갔다. 그는 자발적으로 멀리 떠났다. 그리고 크리스마스 날 밤에 자다가 세상을 떠났다. 아흔여섯 살이었다. 세상 밖으로 나선 그의 퇴장에 모두 감탄했다. 나는 그를 지금도 청년으로 기억하고 있다.

❋

미카엘 하네케의 영화 〈아무르〉에서 장루이 트랭티냥은 에마뉘엘 리바가 멋지게 연기해낸 아내의 첫 발병에 상황이 점점 더 나빠지리라는 걸 깨닫는다. 그는 모르는 척한다. 그런 상황이 닥치면 우리 모두 그렇게 행동할 것이다. 행복한 순간에 매달리고, 사랑하는 사람이 횡설수설하는 순간들을 잊고, 몸을 가누지 못하고 자신을 통제하지 못하는 무능력에 눈을 감아버리는 것이다. 우리는 타인들과 가족, 그리고 가까운 친구들의 지탄의 눈길과 말을 피하려고 칩거한다. 그렇게 사랑하는 존재와 함께 절망적으로 복잡한 새로운 세상에 들어선다. 그리고 그 세상의 리듬에 맞춰 살고, 진짜 언어라도 되는 양 발음이 불명료한 그 언어를 말하는 법을 배운다. 우리는 더는 도움받기를 원치 않는다. 게다가 아무도 우리를 돕지 못한다. 간호사도, 가족도, 친구도. 음악은 어쩌면 이따금 도움이 된다. 우리는 커튼을 닫고 덧문도 닫는다. 밖은 너무 환하다. 우리의 내면은 어두운 밤이다. 죽음은 충분히 빨리 오지 않는다. 차라리 죽음을 부르는 편이 낫다.

"당신은 막 여든두 살이 되었어요. 키는 6센티미터 줄어들었고, 몸무게는 겨우 45킬로그램이지만, 당신은 여전히 아름답고 우아하고 매혹적이오. 함께 살아온 지 쉰여덟 해가 되었지만 그 어느 때보다 나는 당신을 사랑합니다. 내 가슴엔 다시금 모든 걸 집어삼킬 듯한 공허가 생겼어요. 내 몸에 기댄 당신 몸의 열기만이 채울 수 있을 공허입니다." 앙드레 고르스의 이야기 『D에게 보낸 편지』는 이렇게 시작된다. 고르스와 그의 아내가 자살하기 몇 달 전에 출간된 책이다. 도린은 불치병에 걸렸고, 위대한 지성이요, 미래를 통찰한 중요한 책들을 쓴 저자인 앙드레는 아내보다 오래 살아남길 원치 않았다. "난 당신이 화장되는 걸 보고 싶지 않아요. 당신 유골을 담은 항아리를 받고 싶지 않아요……. 난 당신의 숨결을 살피고, 당신을 쓰다듬어요. 우린 둘 다 상대의 죽음 이후에 살아남지 않았으면 하지요. 만일 우리에게 다시 한번 살 기회가 주어져도 함께 살길 원할 거라고 종종 말했잖아요.” 두 사람은 어느 날 아침 파리의 어느 호텔 방에서 손을 맞잡은 채 영원히 잠든 모습으로 발견되었다. 두 사람 모두 여든두 살이었다.

나중에 나온 이마무라의 이른바 ‘외설적인’ 버전과 반대로 기노시타의 〈나라야마 부시코〉에서 어머니를 산에 갖다버릴 수밖에 없게 된 젊은 홀아비는 불안에 사로잡힌다. 어머니를 세상 반대편에 두고 오는 것이 전통을 따르는 일이어서 어머니와 함께 마을로 돌아올 수 없기 때문이다. 〈나라야마 부시코〉는 하나의 전설이다. 두 영화는 오늘날도 우리 폐부를 깊숙이 건드린다. 이 영화는 노년을 대하는 인간 공동체의 책임이라는 문제를 제기한다. 이 마을에서는 한 사람이 태어나면 다른 한 사람이 죽어야 한다.

이누이트족의 풍습은 약간의 식량과 함께 노인들을 빙산 위에 죽도록 버려두는 것이다. 곧 죽는다고 느끼는 사람들은 임신한 여자를 지목하는데, 그 여자가 품은 아이로 환생하기 위해서다. 아이에게는 그 사람의 이름이 주어질 것이다. 남자든 여자든 죽는 사람은 곧 태어날 아이로 환생할 것이기에 자신이 죽는다고 생각하지 않는다. 이누이트족은 아이들의 성별에는 무심하다. 태어나는 모든 아이가 죽은 자가 살아난 것이기 때문이다.

한겨울 해변 도시의 황량한 카페에서 어느 토요일 점심시간에 웬 딸과 그 어머니의 대화를 들었다. 크로크무슈와 감자튀김을 앞에 두고 딸은 바로 그 카페에서 몇몇 친구를 모시고 '아페리티프 시간에 기억에 남을' 어머니의 생일 파티를 열겠다고 어머니를 설득한다. 어머니는 반대한다. 딸은 고집한다. 어머니가 이런 말로 딸의 입을 틀어막는다. "내 말 들어봐, 아흔한 살은 딱히 기념할 게 못 돼. 아흔다섯까지 기다려봐. 그때 가서 생각해보자고." 딸은 아무 말 없이 고개를 떨군다.

아흔 살 생일에, 아카데미프랑세즈에서 마련한 우정 어린 파티에서, 문명의 미래에 관한 최고 거장 가운데 한 사람인 클로드 레비스트로스는 즉석에서 나이 드는 경험에 관한 연설을 했고, 그 연설을 로제 폴 드루아가 저자의 승인을 얻어 옮겨 적었다.

내가 생각지도 못한 이런 고령에 도달한 건 내 평생 가장 놀라운 일 중 하나인데, 마치 망가진 홀로그램이 된 느낌입니다. 망가진 홀로그램은 더는 온전한 일체성을 갖지 못하지만, 모든 홀로그램이 그렇듯이 남아 있는 부분이 전체에 대한 완전한 표상과 이미지를 간직하고 있지요. 그러니 오늘날 내게는 실재 내가, 한 인간의 4분의 1 혹은 절반일 뿐인 내가, 전체에 대한 생각을 아직 생생히 간직하고 있는 가상의 내가 있습니다. 가상의 나는 책을 쓸 계획을 세우고, 여러 장을 구성하기 시작하고는 실재의 나에게 말합니다. "계속 이어가는 건 네 몫이야." 그러면 실재의 나는 가상의 나에게 말하지요. "그건 네 일이야. 전체를 보는 건 너뿐이라고.

❋

노화는 삶의 아름다움을 경험했기에 치러야 하는 대가일까? 덤이라는 생각이 우리의 상상계를 가로막는다. 꼭 우리가 무언가를 덜어서 이 덤의 값을 치러야 할 것만 같다. 욕망도, 가능성도, 미래도 줄여서. 계속되는 삶의 기쁨은 어째야 하나? 죄책감을 느껴야 할까?

우리 자신의 한 부분에 대한 비자발적 상실에서 성性은 아주 큰 역할을 할 수 있다. 오늘날 우리는 폐경에 대해 예전처럼 금기시하지 않고 말하지만—이를테면 아프리카 사회 같은 일부 전통사회에서는 폐경이 힘이 되는 것과 반대로—서양에서 폐경은 여전히 상실로 지각되며, 남성의 갱년기에 대해서는 침묵이 계속된다. 주요한 문학적 증언들, 이를테면 1975년에 출간된『이 경계를 지나면 당신의 승차권은 유효하지 않다』에서 들려준 로맹 가리의 증언은 진지하고 노골적이다. 오직 로맹 가리만이 나이로 인해 서서히 겪게 되는 발기불능에 대한 저항을 그렇게 유머러스하게 다룰 수 있었다. 예순 살의 화자는 서른일곱 살이나 어린 여성을 사랑한다. 이전의 성적 활약의 '수준에' 머물고 싶어 하는 화자가 겪는 지옥으로의 느린 추락은 대단히 세밀하게 묘사된다. 노년은 성적 불능의 황혼기일까? 아니면 그저 불능의 황혼기일까?

J. M. 쿳시의 경우에도 그의 여러 소설 작품에서, 특히『슬로우 맨』에서 남성성의 상실을 다룬다. 화자는 사고로 갑자기 나이를 경험하게 된다. 건강한 젊은 은퇴자인 폴은 매일 아침 자전거로 산책을 하는데, 평온하게 페달을 밟는 동안 자동차 한 대가 그를 친다. 그는 스스로 모든 점에서 선량한 사람이며 아주 건강하다고 여겨왔는데, 병원에서 깨어나면서 한창

나이에 갑자기 사람들이 그를 빌어먹을 노인으로, 멍청한 노인으로 취급하는 걸 본다. 물론 그는 사고로 심각하게 망가진 몸을 회복해야 한다. 하지만 그럴 의지도 그럴 마음도 없다. 한 번도 생각해본 적 없었던 제 나이의 진실을, 제 나이를 갑작스레 경험하고 그만큼 화가 난 것이다. 과거에 인간이었던 그는 이제 한낱 기억에 불과하다. 그것도 전속력으로 달아나는 기억이다. 그는 아직 영혼을 가졌고 생명력이 줄지 않았다고 느끼는데, 그저 피와 뼈로 된 자루를 끌고 다녀야 할 신세가 된 것 같다. 노화의 경험은 미래에 대한 모든 희망을 앗아가며 그를 영구히 파괴했다. 토마시 디 람페두사의 『표범』에서 살리나 공작은 활력이 달아나고, 삶의 의지가 피할 길 없이 줄곧 감소하는 걸 느낀다. 모래시계의 구멍으로 모래 알갱이들이 몰려 결국엔 떨어지듯이 삶이 집요하고 긴 파도처럼 그에게서 빠져나간다. 그는 자기 밖으로 삶이 빠져나가는 소리를 문자 그대로 듣는다. 그의 주변에서는 누구도 그걸 알지 못하는 것 같은데, 쉽게 털어놓을 수도 없는 일이다. 그러니 공작은 입을 다문다. 어쩌면 그걸 직감한 유일한 인물인지도 모를 탄크레디가 어느 날 이렇게 말한다. "삼촌, 삼촌은 죽음에 비위를 맞추고 있어요." 이 말은 아무 대답 없이 덩그러니 남겨졌다. 이제 이야기는 끝났다. 기다리는 일만 남았다. 그 일은 7월의 어느 월요일, 팔레르모 바다를 마주하고 일어날 것이다. 『표범』의 결말은 남은 삶이 완전히 사라질 때까지 피할 길 없는 소멸로서의 노화를 세밀하고 경이롭게 묘사한다. 살리나 공작에겐 궁극의 위험을 알려줄 누구도 필요 없다. 그는 이미 오래전부터 알고 있다. 우리는 모두 살리나 공작 같을까? 우리 안에서 일어나는 시간의 출혈이 언제 어떻게 위험해질지 알려줄 지혜를 우리도 가졌을까? 이 삶의 피로는 노화에 대한 우리의 자각을 예고해주는 기호 중 하나로 나타난다. 그렇다고 법석 떨 것 없다. 장켈레비치는 피할 길 없는 노화, 이 형이상학적 노화에서 비롯하는 삶의 고유한 리듬이 있다고 말한다. 우리는 끝을 생각하지 않을 수 없고, 우리의 기억을 추억이 채우고, 미래에 대한 관심이 줄어드는 걸 의식하지 않을 수 없다. 우리는 알고 싶지 않더라도 우리가 어디에 와 있는지 안다. 장켈레비치가 탁월하게 표현했듯이 우리는 저마다 "눈금 매겨진 삶의 행로를 알고, 이미 산 것과 앞으로 살아야 할 것을 다시 측정할 줄 안다".

그럼에도 크고 작은 몇몇 사건들은 종종 자각을 일으키며, 그 자각은 내가 노화의 경험이라 부르는 것으로 이어진다. 우리 가운데 많은 이들이 겪어본 가장 흔한 노화의 경험은 생일이다. 사람들은 오랫동안 생일을 기념하지 않았다. 앙시앵레짐이 끝날 때까지는 흔히 이렇게 말했다. "말馬들에게만 나이가 있다." 그러다가 생일은 하나의 사회적 의식이, 가족 간의 의례가 되었다. 미셸 투르니에가 75세 생일에 이렇게 말했듯이 모두에게 그런 건 아니다. "오늘은 내 생일이다. 늙은 성인이라 해야 할지 젊은 노인이라 해야 할지? 난 아무래도 좋다." 그저 멋을 부린 말일까? 대개 우리는 흐르는 시간을 꼼짝 않는다고 믿고 싶어 하기에 나이를 운운하는 말은 시간의 흐름을 명백히 환기하는 경종처럼 울린다. 프랑수아즈 지루는 일기에 자신이 산 세월이 객관적이고 수학적으로 늘어나는 걸 피하기 위해서라면 무엇이든 하겠다고 쓴다. 게다가 그녀는 그 빌어먹을 나이를 잊는 척한다. 하지만 가족이나 친구들이 그녀는 원치 않는 생일 파티를 친절하게도 준비해 나이를 상기시킨다……. 그녀는 여든한 살 생일에 툴툴거리며 이렇게 쓴다. "여든하고도 한 살을 더 먹었다. 흔히들 대학입시 통과하고도 일 년을 더 공부했다고 말하듯이." 그녀는 자기 나이의 부인에게 사람들이 보이는 존경을 불러일으키고 싶지만 그럴 수가 없다. 나이가 들수록 그럴 만한 자격이 없는 노부인이 되는 것 같은 느낌이 든다. 그녀는 여든세 살 생일에 말한다. "기뻐할 일이 아니야. 노화는 다른 사람들에게만 닥치는 줄 생각했는데." 단두대의 날이 떨어졌다. 이건 객관적인 사실이다. 확인할 것도 없고, 해석할 건 더더욱 없다. 그러니, 생일과 생일 사이에서 우리는 마치 느끼는 대로 자유롭고, 제 욕망의 성향에 따라 마음대로 행동하길 갈망하며, 때로는 자기 건강상태를 부인하듯이 산다. 프랑수아즈 지루가 미친 사람처럼 의사의 권고도 듣지 않고 끝까지 일을 계속하고, 피곤할 때조차 저녁에 외출하고, 자기 몸이 보내는 신호를 줄곧 무시했듯이 말이다. "무슨 일이 일어난 거지? 삶이 있었고, 나는 늙어버렸어"라고 아라공은 말했다. 삶은 경험의 퇴적이 아니라 세월의 축적이다. 무엇보다 자기 자신이, 우리는 자기 자신이 그렇게 늙으리라고 생각하지 못한다. 그러다 그런 일이 닥치면, 세월이 축적되면 우리는 타인들의 눈길에서 거북한 느낌을 받는다. 마치 우리에게 그럴 권리가 없는 것처럼. 타인들이 고령이라 불리는 나이에 도달할 때는 자연스럽고 규칙에 부합하는 일이라고 생각하면서 내게 닥치는 건 상상조차 할 수 없이 혐오스러운 일로 보이는 것이다. 능력이 점진적으로 쇠퇴한다면 익숙해질 수도 있을 텐데, 그것은 불시에 닥치는 감각과 생각의 소용돌이 같은 것이다. 아버지의 90세 생신 때 어머니가 온 가족을 불러 모아 큰 레스토랑에서 깜짝 파티를 준비해두었을 때 버럭 화를 냈던 아버지의 분노를 내가 이해하기까지는 시간이 걸렸다. 아버지는 온 가족이 들이닥치는 걸 보고 당황했고, 집에서 조용히 저녁을 먹지 못하게 되어 불만이었고, 자신이 잊고 싶은 날에 원치 않는 역할을 할 수밖에 없게 되었다며 투덜거렸다. 우리는 자기 나이에 절대로 익숙해지지 않는다. 외부의 사건들이 우리에게 그 나이를 받아들이도록 강요할 뿐이다. 부모의 죽음은 이제 우리가 '맨 앞줄에' 섰다는 사실을 깨닫는 순간이다. 이후로는 속임수를 쓰지 말고 우리의 '진짜' 나이를 '깨닫도록' 촉구하는 애도 경험을 하게 된다. 우리는 카뮈의 소설 『이방인』의 첫 문장을 기억한다. "오늘 엄마가 죽었다." 다음 문장은 이렇게 이어진다. "오늘 엄마가 죽었다. 어쩌면 어제였는지도 모른다." 화자는 자신이 어느 시간에 속하는지 더는 알지 못한다. 그는 자기 자리에서 비껴나 있다. 그는 모든 것에 삐딱하게 행동하고, 슬프다고 느끼지 않는다. 이제 막 어머니를 잃은 아들에 걸맞게 처신할 만큼 충분히 슬프다고 느끼지 않는다. 장례식 때문에 사장에게 휴가를 신청하면서 죄책감을 느끼고, 장례식 바로 다음 날 해변에서 만난 여자가 왜 완장을 차고 검은 넥타이를 맸는지 물었을 때 그는 거북스러운 반응을 보이는데, 이 모든 것이 독자에게 그가 슬퍼하지 않는다고 일러준다. "일요일이 또 하루 지나갔고, 이제 어머니는 땅에 묻혔고, 나는 일을 다시 시작할 테니, 그러니 결국 달라진 건 아무것도 없다는 생각이 들었다." 어머니의 죽음에 보인 무심한 태도는 그가 살인을 범하고 열린 법정에서 그의 도덕의식 결핍을 말해주는 주된 논거가 된다. 그는 처형되기 전날 밤에야 오랜만에 처음으로 어머니를 생각하고, 잘못을 깨닫고 자신의 이야기를 다시 생각해볼 수 있게 된다. 그런 상황에서 속임수를 쓰는 건 위험하다.

부모의 죽음을 보는 건 자신의 종말을 전보다 훨씬 강도 높게 느끼는 일이다. 이제는 자신이 '맨 앞줄에' 서는 것이다. 이 느낌은 이후 우리 경험의 일부가 될 것이다. 보부아르는 『아주 편안한 죽음』에서 어머니의 죽음 앞에서 더는 자신이 누구이며 내면 깊이 무엇을 느끼는지 알지 못하게 되는 상태를 이야기한다. 그녀는 어쨌든 어머니가 돌아가실 나이가 되지 않았냐고 생각하며 이성적으로 추론하려 애쓴다. 그러다가 더는 희망할 게 아무것도 없는 상황에서 자신이 감내해야 할 고통을 보고 큰 혼란에 빠진다. 그녀는 필립 로스가 자기 아버지의 아버지가 되었듯이, 이제 자기 어머니의 어머니가 된다. 어머니의 몸짓을 흉내 내고, 몸을 웅크리고, 온몸으로 고통의 물결 속에 뛰어들면서, 마치 어머니가 어린아이의 목소리로밖에는 외치지 못하는 그 마지막 단계를 어머니와 '함께'하려는 듯하다. 순환은 마무리된다. 쇠진할 때까지 자기 어머니의 어머니가 되는 것. 자신을 낳은 어머니의 죽음을 실감하면 자기 자신을 버리게 된다. "자신에 맞서 생각하는 건 종종 풍요로운 결과를 낳지만, 나의 어머니는 달라서 자신에 맞서며 살았다." 딸은 어머니가 걷지 못했던 반항의 길과 함께 남는다. 청소년기 이후로 단절된 대화를 다시 이을 줄 알았던 딸, 보호 밖에 자리한 딸, 시간의 어둠에 노출된 여성으로. 아니 에르노는 『한 여자』에서 자신이 백지 위쪽에 어떻게 감히 "어머니가 돌아가셨다"라고 썼는지 이야기한다. 어머니를 매장하고 3주 후였다. 그 3주 동안 그녀는 낮에는 어머니를 생각했다. "이젠 ……할 필요가 없네" 혹은 "어머니를 위해 더는 이것도 저것도 할 필요가 없네"라고. 그리고 밤에는 죽은 어머니를 꿈꾸었다. 어머니를 매장한 이후로 그녀는 아무 곳에서 아무 때나 운다. 일상적인 행위를 하지만, 제멋대로 한다. 그녀가 알지 못했던 어머니가 어떤 사람인지 이야기하기 위해 문학 밑바닥으로 내려간다. 질서를 찾고, 살아 있는 어머니를 되찾기 위해 사물들을 배열하고, 어머니가 세상에 있었던 시간 속에서 어머니와 함께 계속 살아간다. 어머니의 생애 말기에 아니는 두 아들과 함께 어머니를 자기 집에 맞이했다. 그러다 마지막 2년 동안은 알츠하이머병이 악화된 어머니를 전문 병원에 입원시킬 수밖에 없었다. 그녀는 매일 어머니를 보러 찾아갔는데, 어머니를 집에 모시고 돌보고 싶지만 그럴 수 없는 상황 때문에 상심했다. 그 2년 동안 그녀는 어디로 가는지 알지 못한 채 차를 타고 몇 시간이고 돌아다녔고, 영문을 모른 채 작은 사고도 여러 번 당했다. 때때로 그녀는 웃음을 터뜨리거나 자주 우는 자신을 보고 놀란다. 그녀는 갈피를 잃었다. 자신의 부조리한 행동의 원인을 알고자 하는 호기심도 없다. 그녀가 싫어하면서도 받아들이는 남자와의 관계에 호기심도 없다. 어머니의 장례식 날에 지인들은 아니를 위로하려고 애쓴다. "사람들은 내게 '어머님이 그런 상태로 몇 년 더 사시는 게 무슨 소용이 겠어요'라고 말하곤 했죠. 모두들 어머니가 죽는 편이 낫다고 생각했어요. 내가 도무지 이해할 수 없는 말이고 확신이었지요." 아니 에르노의 어머니는 보부아르보다 일주일 먼저 사망했다. 어머니가 떠나고 몇 달 뒤 아니 에르노는 어머니가 세상을 떠날 때 머물렀던 집 앞을 지나가다가 방에 불이 켜진 걸 본다. 깜짝 놀란 그녀는 처음으로 이렇게 쓴다. "어머니 자리에 다른 누가 있다." 나도 2000년대 어느 날 내가 냅킨을 접었다 펼쳤다 하며 저녁식사를 기다리는 여자들 중 한 명이 되겠거니 생각했다. 여기서든 또는 다른 곳에서든. 사후에 출간된 『애도 일기』에서 롤랑 바르트는 평생 함께 살았고, 마지막 숨을 거둘 때까지 돌봤던 어머니의 존재를 빼고는 왜 자신의 삶을 생각할 수 없는지 설명한다. 어머니의 죽음은 그에게 족보상의 혼선을 초래한다. 그는 어머니의 아버지가 되거나 어머니의 동반자가 되거나 비탄에 빠진 홀아비가 되었다. 그는 어머니가 죽고 처음 맞이하는 밤, '결혼 첫날밤'이라는 표현은 존재하는데 '애도 첫날밤'이라는 표현은 없다는 사실에 놀란다. 지난 6개월 동안 그는 아이 돌보듯이 어머니를 돌보았고, 이제 어머니가 떠나고 나자 자신이 어머니의 어머니가 되어 딸을 잃은 것 같은 기이한 감정을 느낀다. 그러면서도 그는 삶을 마주하고 제 의무를 다하려고 애쓴다. 스스로 용기를 북돋우려고 자기 앞에 삶이 놓여 있다고—그는 당시 예순두 살이었다—, 소설을 한 편 쓰기 시작할 거라고 혼잣말한다. 그는 이런 묘한 말도 쓴다. "나는 삶 한가운데 있다." 그는 자기 내면에서 재도약의 역량을 느낀다. 그리고 콜레주드프랑스에서 강의도 계속하고, 어머니의 그림자 안에서 글도 쓴다. 그는 어머니보다 3년 더 산다. 『애도 일기』에서 그는 곧 죽게 되리라는 걸 알고 있는 사람들을 만나는 이야기를 한다. 그들은 그 사실을 알지 못하지만, 그는 그걸 짐작한다. 그는 자기 자신에 대해 이렇게 쓴다. "이제 엄마가 돌아가셨으니 나는 꼼짝없이 죽음에 내몰렸다."

❦

산 자의 고통. 당신을 낳은 어머니를 잃고도 삶이 당연하게 굴러가리라고 생각하는 건 불가능하다. 현재의 우리와 어린 아이였던 과거의 우리를 어떻게 결합할까? 어떻게 부스러지지 않고 외관상 온전히 남을 수 있을까, 세상이 지속된다는 느낌을 간직하면서 이전의 삶과 이후의 삶을 어떻게 연결 지을까?

❦

몇 년 전 나는 나보다 젊은 사람과 우정 같기도 하고 사랑 같기도 한 관계를 맺었다. 그 사람은 우리가 같은 나이라는—열다섯 살 차이가 났는데도—사실을 자주 강조했고, 내가 '내 나이로 보이지 않는'다고 해서 나는 구태여 나이를 고백할 필요를 느끼지 못했다. 그러던 어느 날 나는 내 나이를 '회복'하고는 무척 행복했고, 나를 되찾고 해방된 느낌이었다.

❋

어느 정도 나이가 드는 지혜를 우리는 노잣돈으로, 나아가 삶의 도덕으로 삼을 수 있다. 노년은 일부 사람들에게는 체념의 경험이 되고, 강박적 축소가 되고, '두 번 다시는'의 시기가 될 수 있다. 보부아르는 『상황의 힘La Force des choses』에서 이렇게 말한다. "그렇다. '두 번 다시는'이라고 말할 순간이 왔다. 내가 나의 예전 행복에서 멀어지는 게 아니다. 그 행복이 내게서 멀어지는 것이다. 산길도 내 발길을 거부한다. 나는 결코 거름 냄새를 맡으며 피로에 취해 쓰러지지 않을 것이다……. 두 번 다시는 남자도 없을 것이다." 나이 드는 데 대해 임상적이고 파괴적인 통찰력을 좋아한 보부아르는 모든 탄식을 거부하고, 노화를 전사처럼 부단히 맞서 싸워야 할 적으로 대한다. 나이라는 재앙을 마주할 때 여성은 남성보다 훨씬 용기 있는 모습을 보일까? 어쨌든 여성들은 가식을 좋아하지 않고, 노화에서 벗어날 수 있으리라는 착각 속으로 피신하지 않는다. 죽음이 가까워질 때 여성들이 보이는 의연한 태도를 환기하는 증언은 많다. 랑부이에 후작부인*은 1665년에 일흔일곱의 나이로 죽었다. 그녀가 더는 존재하지 않기로 작정하고 자신을 지운 건 오래전 일이었다. 당신이 살지 말았어야 할 날들을 타인들

---

* 프랑스에서 최초로 문학 살롱을 연 살롱 문화의 선구자(1588~1665).

에게 떠안길 필요는 없다. 몽테스팡 부인*은 자신이 곧 죽으리라는 걸 알았고, 그녀의 유일한 두려움은 자기 침대에서 홀로 죽는 것이었다. 어둠이 내리면 그녀는 하인들을 시켜 밤새 자신을 지키고 초마다 불을 켜두게 했다. 1707년 5월 27일, 그녀는 마지막 순간을 살게 되리라는 걸 직감하고서, 생시몽 공작이 자신의 회고록에 썼듯이, "해야 할 일을 했고", 숨을 거두면서 자신이 죽고 나면 커튼을 쳐달라고 부탁했다. 자기 자신을 아주 잘 알면 자신의 마지막 순간을 예감할 수 있을까? 스타엘 부인은 사는 내내 과거의 향수에 잠기길 거부했다. 그녀는 영원한 재개를 믿었고, 새로운 모험을 노리며 언제나 경계 태세를 취했다. 그녀의 방법은 뭘까? 나이를 앞지르는 것이다. 새 연인들을 사귀고, 사람들이 그녀를 찾도록 종적을 감추고, '나이 먹는' 일의 해로운 결과를 얘기하는 사람들의 말을 듣지 않고, 자신보다 젊은 사람들만 만나고, 스물두 살 젊은 나이의 남자와 결혼하는 식이다. 그녀는 쉰한 살에 갑자기 세상을 떠난다. 쉰 살은 세비녜 부인이 스스로 늙었다고 선언한 나이다. 그녀는 자신의 불멸에 대한 믿음을 잃자 갑자기 노화가 닥쳤다고 딸에게 말했다. 그러기 전까지는 불멸을 믿었다는 것이다. 그녀는 물속의 물고기처럼 삶을 살았다. 그러다가 덥석, 노화가 덮쳤다. 마치 "나, 왔어" 하듯이. 거

---

* 루이 14세의 총희(1640~1707).

기서 벗어나는 건 불가능하며, 물러나는 건 더더욱 불가능한 일이다. 그래서 그녀는 틀어박혀서 운명이 자신을 너무 멀리 데려가지 않도록 하늘에 빈다. 조르주 상드는 자신이 늙어가는 걸 보며 결코 불평하지 않는 여유와 기쁨을 누린다. 그녀는 이 변화의 결과를 편지에 세심하게 묘사한다. "우리는 돌아오지 않고 지나가고, 우리는 졸졸거리며 흐르는 물이다. 우리가 아름다운 것들을 비추었고, 그것들을 사랑하고 노래했으니 충분히 흐르고 충분히 졸졸거렸지 않았나? 이제는 계속하려니 지루하고, 다시 시작하자니 겁날 것이다. 우리는 홀로, 슬프게, 생각에 잠긴 채, 그러나 조용히, 언제나 조용히 늙는다." 그녀는 더는 거의 걷지 못한다. 그래서 그림을, 수채화를 그린다. 점묘법을 터득하고, 사진기를 사고, 손녀를 보고, 삶을 완수하는 행복이 혈관 속에 흐르는 걸 느낀다. 그러다 그녀는 몸이 쇠약해지는 걸 깨닫는다. 그걸 확인하고도 법석 떨지 않는다. 그녀 자신과 그리고 그녀를 둘러싼 자연과 융화하며 평온해진다. 1876년 5월 29일, 그녀는 사촌 오스카에게 보낸 마지막 편지에 이렇게 쓴다. "노앙은 조용하고 유쾌해. 나는 다른 많은 곳을 보았고, 내 시간을 살아서 어떤 돌발 사건에도 슬퍼하지 않아. 모든 게 순조롭고, 살고 죽는 일은 점점 더 잘 죽고 사는 일이 되는 것 같아." 콜레트 역시 자기 방식으로 제 삶의 가을을 맞이한다. 관절염 때문에 움직이기 힘들어진 그녀는 세상이 축소된다고 불평하지 않고 지붕이 가까워진다며 기뻐한다. 멀어서 닿을 수 없는 것을 아쉬워할 필요는 없다. 담장 위 하늘빛 쇠침을, 초록색 균열을, '작고 길쭉한 열매들을 달고, 은빛 거미줄을 깃털 모자처럼 쓴 민들레가 고개를 내미는 풀밭을' 바라보는 법을 배우자. 촉각과 청각이 새삼 중요해지고, 행복의 약속을 가득 품고 다가온다. 늙는 법이 제2의 천성이 되면 덤으로 유년기까지 되찾는다.

* * *

가와세 나오미는 태어나자마자 부모에게 버림받고 할머니 우노의 슬하에서 자랐다. 아주 젊은 나이에 영화감독이 된 나오미는 수퍼8 카메라를 한 대 샀고, 할머니를 자기 영화의 중심 주제로 삼았다. 그녀는 수십 년 동안 사시사철 온갖 상황에서 할머니를 촬영했다. 할머니가 늙어가는 걸 보기 위해서였다. 카메라는 주름들, 기복들, 틈새들, 느린 변화들을 세세히 묘사하고 탐색하는 손길이 된다. 우리는 시간이 할머니의 얼굴과 몸에 작업한 아름다움을 몇 시간 동안 보도록 초대받는다. 나오미는 할머니에게 질문을 던지지 않는다. 딱 한 번만 예외였는데, 할머니가 너무 늙고 지쳤다고 느껴서 이젠 네 양모 노릇을 그만해도 되지 않겠냐고 물었을 때다. 그때 나오미는 화를 버럭 내며 할머니에게 공격적으로 말한다. 사랑하는 사람을 버리는 데 나이는 핑계가 될 수 없고, 그럴 이유는 더더욱 못 된다고. 나오미는 할머니가 그녀를 알아보지 못하게 된 뒤에도 계속 촬영을 이어간다. 우노는 97세에 세상을 떠난다. 나오미가 할머니에게 바친 마지막 영화의 제목은 〈흔적〉이다. 영화의 마법을 통해, 영화에 대한 믿음을 통해 나오미는 노화를 장엄한 변화로 바꿔놓고, 환히 빛나는 할머니의 부재하는 존재를 보여준다.

✻

"몽트랑과 나는 같은 나이예요. 그가 곁에서 나의 노화를 지켜보았다면, 나는 곁에서 그의 원숙을 지켜보았지요. 남자들에 대해서는 흔히들 원숙해진다고 말하잖아요. 흰머리는 은발이라고 부르고요. 우리 여자들을 추하게 만드는 주름도 남자들은 세공하지요."『향수는 과거의 향수가 아니다La nostalgie n'est plus ce qu'elle était』가 출간된 지 40년이 지났지만 시몬 시뇨레의 말은 지금도 옳다. 정말이지 아무것도 달라지지 않았다. 나이 든 여배우들은 스크린에서 역할을 얻지 못한다. 그들은 40세 후반에 노년이 시작된다. 그들이 속내를 털어놓는 경우는 드물다. 여배우들이 그런 일로 화를 낼 가능성은 없다. 일정한 나이를 넘어서면 "보여줄 만하지 않다"는 사회적 명령이 우리 머릿속에 자리 잡기 때문이다. 반면에 남자 배우들은 섹시한 노장으로 계속 주역을 맡을 수 있다. 이를테면 녹슬지 않는 클린트 이스트우드처럼, 영원한 청춘 숀 코너리처럼, 혹은 예순 살인 자기 나이를 소재로 한 개그로 우리를 미치도록 웃게 만든 기 브도스처럼. 그의 예순 살 생일에 친구들이 등산용 지팡이와 신발을 선물했는데, 신발에는 "아직 작동하는 다리"라고 적혀 있었다. 그 자리에서 그는 거듭 말했다. "난 노인이라면 질색이야. 특히 노파가 그래." 우리는 이 코미디언을 데일리모션 사이트에서 항상 볼 수 있고, 방청석이 웃음으로 무너지는 걸 확인할 수 있다. 브도스는 안전한 투자를 시도한다. 늙은 여자들은 늙은 남자들보다 더 늙었다. 이건 너무도 널리 퍼진 진부한 생각이어서 나이 든 남성을 존경할 만한 인물로 묘사할 때처럼 나이 든 여성에게 쓰인 긍정적인 수식어를 찾으려 들면 큰 어려움에 봉착할 것이다. 언어조차 회피한다. '지속'하길 원하는 여성들에게 사람들은 '집착'한다고(무엇에 집착한다는 건지?) 말하고, '내려놓을' 줄 모른다고(이들의 삶이 링 위의 복싱글러브라도 되나?) 말한다. 요컨대 늙은 여자들은 동정을 부르고, 숨어 지내라고 감히 말하는 친구나 가족이 없더라도 버림받은 불행한 사람들로 취급당한다. 싸움을 포기하지 않는 여성은 드물다. 그만큼 그들의 행동은 부적절하고 심지어 외설적이라고 평가받는 것이다.

그녀는 국립민중극장TNP* 초기부터 무대에 서고 있다. 다시 말해 그녀 스스로 강조하듯이 그녀에게 이젠 나이가 없다는 애기다. 그녀는 너무도 스타여서 내가 그녀의 정체를 밝히는 걸 원치 않는다. 나는 그녀의 용기에 경의를 표한다. 그녀는 수십 넌째 계속 무대에 오르고 있다. 때로는 '작은 연극' 속 '작은 역할'일지라도. 그녀에게 나이는 하나의 문제가 아니고 전부다. "난 내 얼굴로 연기하는 게 아니라 기억력으로, 텍스트에 대한 사랑으로, 내 직업의 경험으로 연기하는 겁니다. 필요하다면, 계속하기 위해, 연출가가 내게 머리에 가방을 뒤집어쓰라고 해도 그렇게 할 거예요. 내 나이를 거론하며 내게 역할을 주길 거부하는 사람이 있다면 나는 모욕당한 느낌이 들 겁니다." 그녀는 이 말을 일 년 전에 내게 했다. 2020년 초인 오늘 그녀는 자기 집에서 오후 5시 30분에 만나자고 약속했다. 샴페인을 마시기 시작하기에 딱 좋은 시간이라며. 그녀는 이젠 상황이 달라졌다고 말했다. 그녀가 이 직업을 시작한 뒤로 아무런 촬영 계획이 없는 해였던 것이다. 권리 소유자들의 동의를 얻지 못해 작품 하나가 무대에 오르지 못했고, 그녀가 탁월하게 연기해 성공을 거둔 작품의 재공연이 그녀 없이 이루어진 일은 더 큰 상처가 되었다. 그녀는 자신의 역할

---

* 배우이자 연출가요, 당시 오데옹극장장이었던 피르맹 제미에가 1920년에 설립한 극장.

을 연출가의 아내가 맡았다는 사실을 신문을 통해 알게 되었다. 그녀는 말했다. "내가 이젠 아무짝에도 쓸모없다고 느끼지는 않아요. 나는 노화라는 질병에 걸린 겁니다. 그렇지만 오랫동안 잘 버텨왔지요. 남자로 늙는 것도 끔찍한 일이지만 여자로 늙는 건 더 최악이에요. 모든 게 사라졌습니다. 친구들, 연인들, 내가 홀로 수영을 즐기려고 찾던 장소들은 관광객이 많아져 다닐 곳이 못 되고요. 고독은 끔찍한 일입니다. 더는 나 같은 늙은이를 사랑할 사람이 없을 테죠. 이 노화라는 질병을 늦춰줄 진짜 치료제는 성性과 사랑뿐인데 말입니다. 물론 격렬한 정사를 말하는 게 아니에요. 어루만짐, 기쁨, 쾌락, 그래요. 그런 건 가능하지요. 내겐 어쩌다 한 번씩 만나는 연인이 있어요. 그 사람과 관계를 끊지 않고 있는데, 그런데 이 가련한 이가 분별을 잃어가고 있지 뭐예요. 다행히 내겐 연극에 대한 사랑이, 연극에 대한 희망이 남아 있지요. 무대에 설 때 나를 오롯이 채워주던 감정, 강렬한 존재감 말이지요. 그러나 이 모든 것도 끝이에요. 요새 누가 아흔세 살의 늙은이를 쓰겠어요? 언제였는지—무슨 상을 받는 수상식 때였는데—누군가 내게 내 나이를 말해주었어요. 그때까지는 한 번도 나이를 생각해보지 않았죠. 나는 이상하리만치 몸이 튼튼했는데, 그날에야 내 나이가 여든이라는 걸 깨달았어요. 내 모습이 여든 살처럼 보이지는 않았지만 늙는다는 건 추한 일이에요. 어려서부터 나는 늘 못생겼다고 느꼈지만, 이제는 확연히 추해지리라는 걸 깨달았지요. 그래서 나는 기다리고 있어요." 그녀가 내 앞에 서 있다. 까맣게 차려입고, 대단히 우아하고 섹시한 모습으로, 입술을 빨갛게 칠하고, 검은 색안경으로 눈을 감춘 채. 그녀는 눈부시게 빛난다. 그녀의 고양이가 내게 안기자 그녀는 웃으며 말한다. "내가 질투하길 바라는 거예요." 거리에서 경찰차 사이렌 소리가 들린다. 분위기가 침울해진다. 정적이 흐른다. 나는 물러난다. 문 쪽으로 향하며 나는 묻는다. "뭘 기다리세요?" 그녀가 미소를 지으며 대답했다. "물론 죽음이지요. 우리가 죽을 목숨이라는 생각에 나는 언제나 매혹되었어요. 죽음이 꽤 늦어지고 있네요."

AAFA라는 프랑스 배우협회는 배우라는 직업이 직접 겪는 노인 차별에 대한 주의를 환기하기 위해 2년 전에 창설되었다. 50세부터 당신은 '보여줄 만'하지 않다. 여배우들은 이 현상을 '50세 터널'이라고 부른다. 카트린 드뇌브, 이자벨 위페르, 샬럿 램플링처럼 오랜 성찰 덕에 제 나이가 아닌 역할들을 계속해오고 있는 여배우는 드물다. 19세기에 연극은 당신이 유명하다면 세월의 약탈로부터 당신을 보호해주었다. 당신은 영원히 젊은 주연이었다. 상당한 나이까지 천진한 여자 역할을 맡아온 마드무아젤 마르스*의 경우가 그랬다. 우리

---

* 본명이 안프랑수아즈이폴리트 부테인 테아트르 프랑세즈 소속 연극배우 (1779~1847).

와 좀 더 가까운 마들렌 르노*는 10년마다 역할이 달라졌다고 웃으며 얘기했다. 그녀는 젊은 여주인공으로 시작해서 사뮈엘 베케트의 〈오 아름다운 나날들〉에서 위니 역할을 맡아 충격적인 연기로 경력을 마무리 지었다. 마흔여덟 살에 그녀는 〈아멜리〉**에서 천박한 젊은 여자 역할을 창의적으로 연기해냈고, 그 역할을 예순 살까지 맡았다. 이 빼어난 여성들은 예외적인 경우들이다. 오늘날 사람들은 점점 더 빨리 당신을 지목하고, 자신들이 보는 이미지를 당신에게 할당한다. 하나의 이미지, 오직 하나의 이미지를. 찰칵 한 번의 이미지. 스크린캡처 이미지를. 젊은 사람들은 늙은 모습을 보여주는 애플리케이션을 타인들에게(자신에게는 아니고) 사용하길 좋아할지 몰라도, 언제나 더 새로운 육신과 동일시할 모델을 갈구하는 대중에게, 40세 이상부터는 얼굴을 '내놓을 만'하지 않다고 생각하는 욕망의 결정자들에게는 외모가 성공의 수단이다. 더구나 누구를 닮았는지 알려는 불안감을 키우는 셀카의 과도한 소비와 더불어 동일시할 모델이 더더욱 필요해졌으니 말이다. 남성들은 이 상징의 약탈로부터도 한결 보호받는다. 조지 클루니가 10여 년 전부터 어떻게 관능적인 시니어로 변신했는지 보라. 정말 섹시해서 그가 최음제를 탄 음료를 마

---

* 프랑스 여배우(1900~1994).

** 조르주 페이도의 희극 작품 〈아멜리를 부탁해 Occupe-toi d'Amélie!〉를 가리킨다.

시라고 권해도 우리는 설득당할 것 같다. 그 음료를 마시고 낙원까지 망설이지 않고 그를 따라갈지도 모른다. 부동의 인기 배우 클린트 이스트우드는 말할 것도 없다. 그는 침울하고 무기력하며 우아한 외모로 잘생긴 남자라는 자신의 지위에 대해 스스로 던지는 의문들을 거울삼아 자기 영화를 만든다……. 너무 잘생겨서 늙어도 늙지 않는 남자…….

텔레비전에서도 아주 오래전부터 매끈한 금발의 젊은 여자가 대부분의 채널을 잠식하고 있다. 날씨를 전하는 여성들은 매혹적이어야 하고, 50세 넘는 기자와 프로듀서 들은 화면을 거의 떠났다. 같은 나이이거나 더 나이가 많은 남자 진행자와 프로듀서 들은 아직 남아 있다. 방송 책임자들은—대개 흔히들 말하는 '한창때의' 남자들이다—여전히 신선한 육신을, 오직 여성의 몸을 찾는다. 그들은 나이 때문에 당신을 해고하면서 당연히 다른 이유를 핑계로 내세운다. 마치 이 직업이 해로운 중독성이라도 있는 듯이 오래전부터 당신에게 '그만둘' 때가 되었음을 이해시키려 든다. 5년 전 미국과 프랑스의 몇몇 거대 신문에서—안타깝게도 일시적으로 끝난—유행한 광고가 있었다. 특히 2014년 11월, 〈르몽드〉 지가 간행한 주간지 〈M〉이 떠오른다. 이 잡지에서는 나이 많은 모델들을, 특히 아주 나이 많은 모델들을 포토샵의 도움 없이 세상의 여주인공처럼 내세웠는데, 그 세상에서는 주름이 존경의 가치를 띠었다. 삶을 잘 살아낸 몸에 남은 흔적, 노화와 아름다움이 참으로 잘 어우러져 광고주들마저 젊은 사람들의 긍정적인 반응에 당황한 듯 보였다.

이 물결은 멀어진 듯 보인다. 그렇지만 몇몇 긍정적인 시도가 있었다. 2013년의 브루스 라브루스의 영화 〈노인 성애Gerontophilia〉는 한 청년이 요양원에서 여든두 살의 노인에게 반하는 이야기를 담았다. 사진작가이자 영향력 있는 블로거인 아리 세스 코헨은 '어드밴스드 스타일Advenced Style'이라는 블로그를 만들어 섹시하고 화려한 시니어 할머니들을 모델로 내세웠으며, 사진작가 사샤 골드버거는 자신의 할머니를 주제로, 아이콘으로 삼아 〈마미카Mamika〉 시리즈에서 슈퍼히어로로 둔갑시켰다. 마리프랑수아 퓌스가 창설한 '올드업Old'Up'처럼 재미난 이름의 협회들은 나이 듦을 다시 생각하고, 다른 문화에서, 특히 인디언 문화에서 새로운 본보기를 빌려오기 위해 분투하고 있다.

＊

'존재하다'라는 동사. 그 현재의 순간성 속에서 우리는 살고 있다. 살아 있다는 지각의 물결 아래로 우리에게 이르는 그 모든 새로운 것들. 우리가 깨닫지도 못하는 사이에 우리에게 이르는 그 모든 것을 우리는 분류한다. 충돌을 피한다.

우리는 조금 전에 일어난 일을 아직 알고 있으며, 미래를 보호막 아래 지켜둔다. 이 명백하고 당연한 데카르트식 시간성의 개념은 때때로 노화 속에서 무너진다. 누구나 그렇듯이 내게도 알츠하이머나 치매에 걸린 지인들이 있다. 누구나 그렇듯이 나는 그 병이 내게도 닥칠까 겁난다. 나는 사소한 징후들을 살핀다. 그런다고 내가 알아차리게 될까? 누가 내게 말해줄까?

플로베르는 이렇게 쓴다. "모든 걸 배워야 한다. 말하는 것부터 죽는 것까지."

＊

엄마는 거의 매일 죽을 준비가 되어 있다고 말한다. 그리고 덧붙인다. 그렇지만 난 멀쩡한 뉴런이 하나도 없이 늙고 다 타버린 모습으로 죽고 싶지 않아.

 — 나도 그래요, 엄마. 나도 그런 건 원치 않아요.

 — 내가 몇 살이지? 엄마가 또다시 묻는다.

 — 아흔넷이에요.

 — 그럼 너는?

 — 예순둘이죠.

엄마는 당신의 자식이 그렇게 늙었다는 게 사실일 리 없다고 말한다.

시리 허스트베트는 『미래의 기억Memories of the Future』에서 자신에 대해, 우리에 대해, 우리를 위해, 우리 세대를 위해 말한다. 우리 부모들은 점점 더 오래 늙는다. 우리가 태어난 뒤로 부모들이 우리에게 제공해준 모든 걸 우리가 그들에게 돌려줄 수 있을까?

우리는 노년에 대해 헛된 상상을 한다. 의학과 위생의 발전 덕에 우리가 도달할 수 있게 된 나이라고 생각한다. 이 생각은 사실이자 거짓이다. 노인은 인류의 여명기부터 늘 있었으니 말이다. 물론 전에는 수가 적었고, 몇몇 시대들에 대한 우리의 지식은 단편적이다. 여러 세기가 흘러도 노화를 받아들이는 데는 발전이 없었다. 고대에는 높은 직책을 맡으려면 나이가 지긋해야 했는데, 왜 중세 때는 노인이 중요치 않은 존재들로 여겨졌을까? 노화의 경험 자체가 크게 달라졌다. 이를테면 소포클레스가 마지막 작품인 〈콜로노스의 오이디푸스〉를 아흔 살에 썼고, 에우리피데스는 〈바카이〉와 〈아울리스의 이피게네이아〉를 여든 살에 썼다는 걸 아는가? 플라톤은 마지막 작품인 『법률』을 자살하기 직전인 여든한 살에 끝냈다. 그의 동시대인이자 위대한 경쟁자인 이소크라테스는 아흔여덟 살까지 작품을 냈다. 대★ 카토는 여든다섯 살까지 살았다. 교회 사제들 가운데 성 아우구스티누스는 일흔여섯 살까지 살았고, 테르툴리아누스는 거의 여든 살까지 살았다.

우리의 베토벤과 베르디는 고대의 이 시니어들에 비하면 그리 감명을 주지 못한다. 운 좋고 대단히 강인한 고대의 시니어들은 현대의 우리보다 훨씬 수가 적어서 귀한 생존자들처럼 여겨질 수 있었는데, 오늘날 우리는 너무 수가 많아서 연민과 공포를 불러일으킨다. 어쨌든 그들은 우리가 50년 전부터 몸소 겪고 있는, 젊음의 숭배가 낳은 폐해를 겪지 않아도 되었다.

중세 초기에 브륀힐드는 여든 살을 넘겼다. 그것이 참으로 악마적일 정도로 비범한 일이어서 그녀는 처형당하는 대가를 치러야 했던 걸까? 이 아우스트라시아 여왕은 장수한 덕에 남편과 아들, 그리고 손자가 통치하는 동안 영향력을 발휘할 수 있었다. 그녀가 적군 왕에게 넘겨진 건 증손주의 통치 때였다. 그녀는 정작 죽는 순간에는 젊은 여자처럼 다뤄진다. 야생마의 꼬리에 묶였다가 공공 광장에서 불태워진다. 에라스무스부터 라블레에 이어 뒤 벨레까지, 반쯤 열린 성기, 불룩한 배, 마녀의 능력을 갖추고 일용할 성적性的 양식을 요구하며 외설적인 비명을 내지르는 모습으로 늙은 여자들을 환기하는 저자는 많다. 오직 브랑톰만이 『염부전艶婦傳 La Vie des dames galantes』에 실은 네 번째 연설에서 진정한 쾌락 전문가들인 성숙한 여인들의 색정에 관해 대단히 섬세한 지식을 뽐낸다.

프랑스는 혁명 기념일을 누릴 자격이 있는 노인들에게 기꺼이 공식적인 경의를 표해야 할 것이다. 1789년 10월 23일, 국회에서는 모든 노인을 위한 의무 구호 원칙과 국가구호대장에 노인들을 등록하는 문제를 투표에 부쳤다. 1793년에는 노인을 공경하는 것이 공식적으로 시민의 덕목으로 자리 잡는다. 앙시앵레짐에서 고령의 빈곤을 다루는 방식이었던 자선은 사라진다. 사회적 채무라는 개념은 '나이와 신체장애로 일할 모든 수단을 잃은 사람들을 돕도록' 촉구한다. 혁명가들은 사회를 과거의 선배들이 이뤄낸 노력의 결실로 본다. 이 사회적 채무가 법으로 구현된 것은 빈곤한 노인에 대한 의무 구호를 1905년에 법률로 규정한 제3공화국에서다. 그 법률 덕에 처음으로 인구의 상당수가—22퍼센트 이상이—국가보조금의 혜택을 누리게 된다.

사회에서 노인들이 수행하는 실제 역할들의 역사와 사회 이미지 속 노인들의 표상은 구분해야 한다. 18세기까지 기독교 사회에서 노년은 높이 평가되지 않았다. 노인은 질병에서 살아남은 자로 모든 의미에서 뒷전으로 물러난 자였다. 노인은 독실한 신자일 수도 있고, 근면할 수도, 억측 부릴 수도 있었다. 노인은 검은 옷차림이었고, 삶의 의미에 대해 명상했다. 렘브란트의 그림들을 떠올려보자. 노인은 병들고, 탐욕스럽고, 변태적일 수도 있고, 불쾌한 냄새를 풍기고, 이빨이 없을 수도 있다. 몰리에르의 늙은이들은―평균 50세인데―우스꽝스럽다. 세상에서 물러나려고도, 재산을 물려주려고도 하지 않기 때문이다…… . 18세기 동안 큰 변화가 일더니 고대에서 가져온 고결한 노인 유형이 자리 잡는다. 이 원로의 얼굴은 19세기까지 이어지고, 빅토르 위고가 그 얼굴을 영원히 이상화했다. 이때부터 기이하게도 노인의 아름다움을, 늙는 기쁨을 찬양할 때와 유사한 말로 사람들은 이전까지 완전히 부재했던 어린아이를 칭송한다. 살아남고 한계를 뛰어넘는 일은 모두가 부러워하는 영예가 된다…… . "노년의 특권 중 하나는 자기 나이 외에도 모든 나이를 갖는다는 점이다." 무한 속에 자신을 투영하고, 시간의 방주에 합류하고, 자신을 잊고 우주와 하나가 되고, 두 눈을 크게 뜬 채 어둠을 직면하고, 어둠 속에서 무지개색을 발견하고, 제 꿈으로 앞날을 예측할 것이라고 위고는 쓰고, 또한 그렇게 살아서 오늘날까지도 우리 내면에 검은 에너지의 폭풍을 불러일으킨다. 우주적 관능은 자연이 노인들에게 내주는 선물일까? 잠든 보아스*의 배에서 떡갈나무가 나와 하늘까지 가지를 뻗는다. 그 발치에 가슴을 드러낸 여자가 '누워'있고, 온 우

---

* 성경의 '룻과 보아스' 이야기를 토대로 빅토르 위고가 쓴 시 「잠든 보아스」.

주가 밤의 관능적 교향곡에 가담한다. '잠든 보아스'에서 보듯 노년의 위대함이 그토록 높이 칭송되는 건 드문 일이다. 모압의 이삭 줍는 여인과 이 팔순 노인의 로맨스는 오늘날에도 그 관능적 힘을 간직하고 있다. 일흔네 살에 새로운 일을 시작하겠다고 주장한 위고는 제 약속을 지켰다. 그는 일흔다섯 살에 『할아버지가 되는 법L'art d'être grand-père』을 출간했고, '성숙'을 세상 사는 법의 이론으로 정립한다. 본래의 숭고한 천진함으로, 이성으로, 빛으로 돌아가라! 오늘날 나이라는 대양에서 가장 멀리 나아간 인물로 남은 위고의 텍스트는 파괴할 길 없는 야성적 아름다움을 지녔다.

빅토르 위고의 생각이 옳은 건 아닐까? 어떤 쾌락은 노인들에게, 오직 노인들에게만 허용되는 것이 아닐까? 이를테면 철학하는 쾌락?

펠릭스 가타리와 질 들뢰즈의 『철학이란 무엇인가?Qu'est-ce que la philosophie?』(들뢰즈의 마지막 텍스트 가운데 하나로, 그는 1995년 일흔 살의 나이에 자살했다)에서 두 저자는 노화의 문제를 세상으로의 열림처럼 제시한다. "아마 우리는 철학이란 무엇인가? 같은 질문은 훗날 노화가 찾아왔을 때, 구체적으로 말할 시간이 찾아왔을 때에나 제기해볼 수 있을 것이다……. 노년이 영원한 젊음을 주는 게 아니라 최고의 자유를 주는 경우들이 있다. 삶과 죽음 사이에서 은총의 순간을,

기계의 모든 부품이 연동해 모든 나이를 가로지르는 선을 미래로 내뻗는 그런 순간을 맛보게 될 자유를."

＊

　19세기에는 노인들이 우리를 지배했다. 나이도 많고, 부자라는 이유 때문이었다. 하지만 노인이 된다는 건 힘을 소유하고 행사하기 위해 갖춰야 할 하나의 조건이었다. 왕정복고 시대에 납세 유권자들의 선거권은 소유권뿐만 아니라 고령과도 연동되었다. 피선거권자들은 노인들과 최고령 노인들이었다. 노인들은 1830년 이후엔 귀족원에서 계속 활약했다. 탈레랑은 1835년에 기조에게 이렇게 말했다. "어제 나는 귀족원에 갔네……. 여섯 사람뿐이었는데 모두 여든을 넘긴 나이였어." 티에르가 1873년에 대통령직을 떠날 때 나이는 일흔여섯 살이었다. 클레망소는 일흔일곱 살에 권력을 잡았고, 처칠은 여든한 살에, 아데나워는 여든일곱에 권력을 내려놓았다. 좀 더 우리와 가까운 인물을 보자면 드골 장군은 예순아홉 살에 정계에서 물러났으니 최연소자처럼 보인다. 그렇지만 그 시절에 그 나이는 노인 범주에 속했다. 니콜라 사르코지가 프랑스공화국 대통령으로 선출된 이후로는 정치 고위직에 자리했던 노인의 이미지가 흔들린다. 그리고 에마뉘엘 마크롱의 선출로 정치 여론에 확고한 생각이 자리 잡았다.

어떤 순간, 어떤 유형의 상황에도 응대할 수 있으려면 지도
자가 젊고 건강한 편이 낫겠다는 생각이다. 대통령 선거 캠
페인 동안 마크롱의 나이가 경험 부족을 일깨우거나 핸디캡
으로 여겨진 적이 없었다. 20년 전만 해도 이런 일은 생각조
차 할 수 없었다. 그 시절엔 제도의 실행력, 경험의 퇴적, 이
직업의 느린 경력이 30세들의 진로를 가로막았다……. 전 세
계가 프랑스 대통령의 젊음을 부러워하고(심지어 적수들조차),
그가 그 나이에 가진 경험―우리가 그의 생각에 동의하건
않건―은 프랑스에서 젊음의 편재와 전능을 부각해서……
그로 인해 안타깝게도 노년은 더더욱 평가절하되어 추방되
고, 소외되고, 무용하다고 판단되어, 일정하게 쓰이지 못하고
있다.

다행히 영국의 엘리자베스 여왕은 노인들에게 관심을 기울
인다. 그녀는 95세 나이로 많은 걸 경험했고, 여전히 맡은 역
할을 다하며 우리를 안심시키고 있다. 그녀는 세계에서 제 나
라 국민이 생일을 축하해주는 드문 인사다. 평정심과 사는 맛
의 진정한 상징으로 여왕은 우리 노인들에게 관심을 기울임
으로써 자신도 모르게 젊은 사람들에게 긍정적인 메시지를
전한다……. 그녀의 비결은 뭘까? 백조라도 잡아먹나?* 잡은
꿩들의 목을 직접 비트나? 30년째 매일 저녁 드라마 〈이스트

---

* 19세기 초까지는 영국 왕실 식탁에 백조가 특별 요리로 올랐다.

엔더스East Enders〉 시리즈를 보고 나서 장미수에 비누 목욕이라도 하는 걸까? 그녀는 89세에 트위터에 뛰어들었고, 92세에는 인스타그램에 입문했다. 작년에는 미성년자와 성관계를 한 일로 비난받는 아들을 꾸짖고, 공적인 삶에서 물러나라고 명령하는 등 어린아이에게 하듯 벌을 내렸다. 보리스 존슨 앞에서 여왕은 눈도 깜짝하지 않고 흔들림 없는 목소리로 그의 탈유럽(브렉시트) 계획을 읽었다. 자기 나라에서 사는 것을 포기한다고 결정한 사랑하는 손자를 보고 그녀는 자기 생각을 말하지는 않았으나 아마 손자를 이해했을 것이다. 어쩌면 그렇게 용기 낸 걸 부러워했을까? 유행병이 전세계를 휩쓸어 수상이 입원했을 때에도 그녀는 의료진 전체에는 감사의 말을, 시민들에게는 소탈하면서 깊이 있는 희망의 메시지를 담은 적절한 말을―공감과 유머를 담은 간결한 말을―전할 줄 알았다. 그녀는 100세 생일에 깜짝 선물로 우리에게 무엇을 준비할까? 그녀가 여왕이 된 뒤로 늘 그래왔듯이 영국의 모든 100세 노인들에게 직접 서명한 편지를 보낼까?

✻

　19세기 사람들은 죽음에 대해 탐욕스러운 호기심을 드러내며 얘기했다. 심지어 그 얘기를 하기 위해 약속까지 잡곤

했다. 파리에서는 유명한 마니 저녁 모임*에—남성만을 위한 모임이었는데, 조르주 상드만 예외였다—1862년부터 공쿠르 형제, 도데, 졸라, 플로베르, 생트뵈브 등이 자리해 자유롭게 죽음에 대해 논의했다. 헬싱키에서 1920년대 초에 시벨리우스는 카페 크라우프의 레몬 테이블이라고 불리는 자리에서—레몬은 중국에서 죽음을 상징한다—매주 의사들, 법률가들, 시인들과 만났다……. 이런 종류의 정겨운 모임들을 되살리자. 최고 연사를 위한 상금을 걸고 논쟁을 벌이는 저녁 모임을 마련하면 어떨까? 그런데 오늘날엔 자기 나이나 타인의 나이에 대해 말하는 것이 무례한 일이라는 사실에 주목하자. 나이는 불쾌감을 안기거나 즉각 연민의 반응을 낳는 주제다. 오, 가련한 친구, 노화에 관해 연구하고 있다고……. 딱하기도 해라. 누가 그런 일을 하게 했어? 나이를 대하는 우리의 문화적 불안이 성찰을 가로막고, 모든 예견을 구속한다. 우리가 낙천주의자라면 뒤늦게 가랑이 사이로 기는 수모를 겪게 되리라고 생각하고, 비관주의자라면 어쨌든 닥칠 일이니 생각할 필요조차 없다고 여긴다. 나이를 먹는 게 숙명이라면, 늙을 줄 아는 건 가능성이고, 심지어 예술이 될 수 있다. 노인이 되는 건 하나의 특권이, 심지어 영혼을

---

* 폴 가바르니가 1862년에 만든 저녁 모임으로, 한 달에 두 번씩 기자, 작가, 예술가, 과학자 들이 레스토랑 '마니'에서 만났다.

채우는 일이 될 수 있을 것이다. 물론 질병에 걸리지만 않는다면 말이다. 노화는 수락을, 어쩌면 자아분열을 상정하기도 하지만—자기 자신을 예전의 모습과 다르게 보는 것—, 살려는 욕망을, 세상에 아직 남아 있는 기쁨을 안기기도 한다. 오늘날 기대수명이 수년 전부터 늘어나 새로운 연령층—디 올디스트 올드the oldest old—까지 생겨나는 이 전환점에 염려되는 건 노화가 점점 더 감당해야 할 무게로, 위험으로, 굴욕으로 체험된다는 점이다.

＊

나는 사회적 이미지들로 산다. 노인은 '젊은 사람'이 부과한 나이이며, 그로써 청년은 스스로 젊음을 확인한다. 이 움직임은 인종주의를 작동시킨다. 나는 내가 가정하는 배척으로부터 나 자신을 배제한다. 그럼으로써 나는 배척한다……. 너는 젊고, 너는 늙었고, 그러니 입 다물라고(기다려, 나가, 들어오지 마, 돈을 더 내). 연령 차별, 모든 연령의 차별이 있다.

＊

어떤 이들은 내가 삶의 사원이라고 부르는 것을, 그들 삶의 사원을 살아생전에 세우기로 마음먹는다. 그건 그들이 나이를 경험했기 때문이거나(또는 때문이기도 하고) 만기가 다가오고 있기 때문이다. 그들은 감사의 마음을 느끼는데―올리버 색스의 경이로운 책 제목을 빌리자면*―, 자신들에게 주어진 모든 것에 대한 고마운 마음이 무척 커서 늙는 두려움조차 그들에게 타격을 입히지 못한다. 그만큼 그들이 젖어 있는 과거가 현재까지 영향을 미치는 것이다. 그들은 매 순간을 마지막 순간인 것처럼 살며 아주 소소한 행복을 찾는 쪽으로 향한다. 이런 사람들은 꺾이지 않는 존재들로 느껴진다. 그들은 보는 이들에게 감탄을 불러일으키지만 그걸 원해서 그러는 건 아니다. 일부 금욕주의자들이 이들의 계율을 가르침으로 삼는 것과 반대로 그들은 삶을 고려하는 이런 방식을 오직 자신들에게만 적용한다. 사상가들과 달리 그들은 설교하지 않고 은둔하며, 사람들이 그들에게 경의를 표하려 들면 질겁한다. 그들은 삶을 사랑하는 이들이며, 우리 모두 그걸 안다. 몇몇은 글로 흔적을 남겼다. 저명한 인류학자요, 콜레주드프랑스 교수인 프랑수아즈 에리티에는 자신이 자가면역질환에 걸렸다는 걸 알게 된 뒤로 『달콤한 소금』과 『세월 가는 대로Au gré des jours』를 출간했다. 그녀는 모든 경이로운 일들을 이 시적인 유랑 일기, 일상의 노트에 기록한다. 마당에서 노는 아이들 소리, 비 내린

<hr>

* 'Gratitude'라는 제목의 책이 우리나라에는 『고맙습니다』(2016, 알마)로 번역 출간되었다.

뒤 들판의 젖은 건초에서 피어오르는 냄새, 겨울 하늘의 강렬한 파란빛, 텔레비전에서 재방영되는 존 웨인의 목소리, 이탈리아어로 〈유격대원들의 노래Chant des partisans〉를 외워서 부르는 소리, 여럿이 앉아 콩을 까며 도란거리는 소리, 자전거로 언덕 꼭대기까지 올라 숨 돌리기, 여름 더위를 기다리며 귀뚜라미의 첫 울음소리에 귀 기울이기……. 그녀의 작은 즐거움의 목록은 무한히 긴데, 그것은 우리의 즐거움이기도 하다. 그녀는 그 즐거움들을 한껏 채워 다가오는 피할 길 없는 일을 막는 성벽처럼 사용하며, 우리에게도 그걸 건넨다. 『즐거움Plaisirs』은 도미니크 롤랭이 내놓은 마지막 작품의 제목이다. 그녀는 고령을 감미로움으로, 해방으로, 자기 자신의 수용으로, 새로운 내적 자유로, 진정한 자기 자신과의 항구적인 약속으로 표현한다. 자신을 결코 사랑하지 않았던 그녀가 거울 속에서 자신의 촉촉한 파란 눈을, 그녀에게 고통을 많이 안긴 붉거진 턱뼈를 기쁘게 살핀다. 마침내 그녀는 자신을 있는 그대로 받아들인다. 앞으로 그녀의 현재는 전적으로 이 야릇한 기쁨에 할애될 것이다. 살아-남는 기쁨이다. "짧고 부드럽고, 성적이며 새하얀 두 음절은 낯선 도시로 확장되는 해협 위를 날아오르는 갈매기의 비상을 떠올린다." 고맙습니다gratitude, 이 말은 정신병에 대한 새로운 접근법을 찾아낸 미국의 저명한 뇌신경학자 올리버 색스에게 의사가 암으로 살날이 6개월밖에 남지 않았다고 알렸을 때―그는 여든 살이었다―그의 머리에 떠오른 말이다. 그는 아직 죽지 않은 데 행복해했고, 따라서 살아 있는 데 감사했다.

　　이제 나는 죽음과 코를 맞대고 있지만
　　아직 삶과 헤어진 건 아니다.

　이건 자기 삶을 완수하려는 욕망이자 의지다. 나이의 함정에 빠지지 않고, 매일 다시 살기 시작하며 설렘을 느끼기 위해 할 수 있는 한 기운을 회복하려는 것이다. 그의 아버지는—아흔네 살에 사망한—여든에서 아흔 사이에 최고의 시절을 보냈다고 종종 말했다. 올리버 색스는 다가오는 죽음을 살맛의 감퇴가 아니라 흥미로운 지적 싸움으로 여긴다. 사랑하고 일하는 것, 이것이 그의 좌우명이다. 그의 정신적 삶은 깊어지고, 세상을 바라보는 그의 시야는 좁아지는 게 아니라 확장되고, 아름다움에 대한 감정은 섬세해지고, 괜한 초조함도 더는 그에게 방해가 되지 않는다. 사랑과 우정을 숭배하고 세상에 진 빚을 갚는 것, 통찰력과 분별력의 새로운 경지에 다다르는 것, 이것이 앞으로 그가 할 일이다. "무섭지 않다고 말할 수는 없지만 내 안에서 지배적인 감정은 감사의 마음이에요. 나는 사랑했고, 사랑받았고, 많은 걸 받았으며, 많은 것을 주기도 했지요. 나는 읽었고, 여행했고, 생각했고, 썼습니다. 세상과의 드잡이에 몰두했지요." 다가오는 죽음은 역설적으로 자신의 노화를 향유할 수단이 될 수도 있다. 색스는 이렇게 말한다. "나는 성숙한 나이를 우리가 잘 감내해내야 할 쇠퇴의 시기로 여기지 않고 즐거움과 자유의 순간으로 생각한다. 부자연스러운 요구에서 해방되고, 내가 바라는 것을 자유로이 탐험하는 시기로……" 노년이 다가오는 걸 종종 불평했던 볼테르도 일정한 나이부터는 나이 듦을 경이롭게 바라본다. 여든 살에 그는 이렇게 쓴다. "마음은 늙지 않지만, 신을 폐허 속에 묵게 하는 것이 괴롭다……. 내가 귀도 조금 먹고, 눈도 조금 멀고, 신체도 조금 부자유스러운 건 사실이다. 서너 가지 끔찍한 장애로 모든 게 극복된다. 그 무엇도 내게서 희망을 앗아가지 못한다."

나이는 우리에게 힘을 주기도 한다. 그것이 우리에게 재능을 주기도 할까? 일부 예술가들, 특히 음악가들, 화가들, 작가들은 이론의 여지 없이 천재성에 가까운 '뒤늦은 작품'을 내놓는다. 흘러가는 세월의 결과가 아니라, 여러 재능 가운데 예술가에게 뿌리를 내려 말년에 이르러서야 꽃을 피우는 재능인, 노년의 스타일이라는 게 확실히 존재한다. 이를테면, 티치아노가 생애 말기에 깊이 파고드는 빛을 발견한 것. 또는 렘브란트와 고야 모두 한창 나이가 지나고 나서 마치 형이상학의 한 형태에 도달한 듯, 눈에 보이지 않는 것을 보이게 만든 것이 그렇다. 혹은 푸생이 리슐리외 공작을 위해 그린 사계절

연작 가운데 겨울에 바쳐진 네 번째 그림인 〈겨울 또는 대홍수〉는 가장 아름다운 그림 중 하나다. 이 마지막 작품은 루소에게 영감을 주었다. 루소는 그 작품을 "더없이 숭고하다"라고 평가했다. 그리고 샤토브리앙은 거기서 "시간의 경이로운 떨림"을 보았다. 그가 『랑세의 삶La vie de Rancé』에서 지적했듯이 무엇보다 재능이 있어야 한다. 나이만으로는 축복이 될 수 없다. 나이는 일종의 초탈을, 세상의 허영과 거리 두기를, 어느 정도 초월을 가능케 하는 단념을 허락해주는 조건이다. 30년 전만 해도 예술가들의 '마지막' 작업은 망각되거나 반박되었다. 오늘날 마지막 작품들은 마침내 가장 탁월한 작품들로, 나아가 제 시대를 앞질러 믿기 힘들 만큼 현대적인, 가장 혁신적인 작품들로 인정받을 수 있다. 〈수련〉은 오늘날엔 더는 모네의 시각 결함이 낳은 안타까운 결과로 여겨지지 않고, 보나르의 마지막 자화상 중 하나는—〈화장실 거울에 비친 자화상〉—시간의 변화를 사색한 걸작품으로 인정되고, 새로운 기법을 알리는 마티스의 종이 오리기는 그리는 행위를 포기한 것이 아니며, 피카비아의 마지막 점묘법 그림들은 형태상의 거대한 자유를 증언하는 작품들로 재평가되었다. 회화의 어휘를 재창조한 이 예술가들에게 오직 중요한 건 그림 그리는 즐거움이었다. 생애 말기에 자기 본연으로 돌아가려는 이 복귀에는 자기 소유를, 자기 완수를 음미하려는 욕구가 있다. 우리가 그들을 볼 때 느껴지는 위험이 거기서 비롯된다. 피카소의 말년 작품들을 보여주는 전시가 거둔 성공은, 그가 성에 강박적으로 사로잡혀 노망든 사람처럼 제 성적 환상들을 휘갈기듯 그린 늙은이였다고 생각되던 시기는 이제 흘러갔음을 증명해준다. 나이는 강렬함이, 충만함이 문턱에 서 있음을 내다보는 능력이 된다. "종종 천재들은 걸작품을 통해 자신들의 종말을 예고하곤 했다"라고 샤토브리앙은 말했다. 예술의 역사를 바라보는 이 새로운 방식은 긴 세월이 제공하는 거짓 '지혜'에 토대를 둔 것이 아니며, 공경할 나이나 숙련 같은 상투적인 생각과 단절하고, 오히려 인생의 황혼기를 특징짓는 동요를, 타협의 부재를, 아직 살아 있다는 분노를 드러내준다. 에드워드 사이드는 그걸 마지막 세미나에서 이론으로 정립했는데, 그것은 사후에 『말년의 양식에 관하여』라는 책으로 출간되었다. 삶의 최종 단계에서 불쑥 나타날 형태의 지각과 의미에 고유한 특색이 존재할까? 사이드는 확실히 그렇다고 대답한다. 그는 『템페스트』와 『겨울 이야기』의 셰익스피어, 마지막 피아노 소나타 다섯 곡과 9번 교향곡, 마지막 현악 사중주 열 곡, 장엄미사, 피아노를 위한 바가텔 열일곱 곡을 쓰고는 자신이 제어할 줄 아는 모든 것과 단절하고 낯선 땅으로 망명을 떠난 베토벤, 또는 생애 말엽에 체념의 정신이 아니라 소생하는 에너지를 뿜어내는 두 작품 〈오셀로〉와 〈팔스타프〉를 작곡한 베르디 같은 천재들을 예로 든다. 비타협성, 힘겨운 노력, 해결되지 않는 모순들, 죽음과의 대면, 성공이라는 생각에 대한 무시 등이 비극적 진실의 색조로 우리의 마음을 뒤흔드는 이 말기 작품들의 특징이다.

루이즈 부르주아*가 생애 마지막 10년 동안 이뤄낸 작품들을 보기만 해도 우리는 설득된다. 당시 그녀는 아흔 살이었는데 어머니의 작업실에서 지내던 어린 시절로 돌아간 듯이 천을 자르고, 깁고, 배합해 작품을 만들고, 노래하고, 동요를 쓰고, 천으로 책을 만들기도 한다. 그녀는 자신의 과거를 되살린다고 생각하지만 실은 자신의 미래를 찾고 있다. 그것을 "한 번도 존재하지 않았던 것의 무의식적 차용"이라고 말한다. 그녀는 '집을 떠나고', '짐을 싸는' 걸 받아들인다. 그리고 그것을 느끼고, 말하고, 글로 쓴다. "나는 모든 걸 내려놓고, 내게서 멀어진다." 모성이라는 테마가 강박적으로 반복된다. 그녀가 기운 천 조각으로 만든 사람의 머리 가운데 어떤 것들은 입에 재갈을 물고 있어 소리치는 게 불가능하다. 그녀는 노쇠를 마주한 자기 자신을 형상화한다. 시간의 흐름을 물리적으로 보고, 시계들을, 시간을 가리키는 바늘들을 그린다. 그리고 천 위에 자기 노트에 적은 문장들을 새긴다. "강박 또는 혼돈", "너 자신을 신경 쓰기보다 타인들을 신경 써라". 오래전부터 위쪽 세상이라고 불러온 것, 사라져가는 것과 영원한 것에 의문을 품어온 그녀는 자신을 앞지

---

* 프랑스 출신 조형예술가, 조각가(1911~2010).

르는 이 삶이 넘쳐흐르도록 내버려두고, 자신을 젖먹이와 동일시하며 모자상을 그린다. 예순 살에도 스스로를 열여덟 소녀처럼 젊게 느끼고 노화를 축복처럼 바라보던 그녀는 자기 노트에 이렇게 적는다. "요즘 나는 나이 많은 사람들이 좋다. 그들이 소박하고 자주 슬프기 때문이다. 그들은 대개 스스로 추하다고 느끼고 발버둥 친다. 사실 그들은 추하지 않고, 폭풍우를 겪고 살아남은 나무들처럼 흥미롭다." 그녀는 피로와 건망증 따위에 아랑곳하지 않고 끝까지 일하고, 새로운 기법들을 고안해낸다. 세상을 떠나기 2년 전에 작업한 시리즈 가운데 하나의 제목은 〈무한히À l'infini〉인데, 매듭과 고리의 얽힘에서 막 삶을 시작하는 존재들이 빠져나온다. 이 작품들을 보면 누구라도 충격받지 않을 수 없을 것이다.

나이는 실존을 굽어보는 존재의 가능성일까?
나이는 죽음이라는 생각과 함께하기 위한 수련일까?

세상을 향한 무절제한 사랑인 탐욕은 오랫동안 죄악으로, 악마와 맺은 동맹으로 여겨져왔다. 신에 무감각해지면 죽을 운명이라는 감정이 죽음을 대체하게 될까? 과거에 죽음은 마지막 순간을 의미했는데, 지금은 삶의 감정 속에 희석되지 않았나? 나이 경험이 어떤 사람들에게는 오래된 불멸의 꿈을 좇으려는 시도가 아닐까?

일신론 문화에서 노인들은 사회 속에 포함된다. 그들은 사회 밖에 있지도, 주변에 있지도 않다. 구성원의 일부가 바깥에 자리한 사회는 완전한 사회로 생각될 수 없을 것이다. 성경에서 가부장은 그가 통제하는 재산의 소유주이자 통솔하는 일의 우두머리요, 인간사의 판관이다. 그렇기에 그는 나이의 정점에 이르렀고, 특별한 사회적 지위를 차지한다. 길어지는 삶은 세월 덕에 축적되는 힘이다. 나이 많은 사람은 인간의 충만함에 도달하고, 그것으로 존경받는다. 노인은 세대와 성性을 잇는다. 반면에 우리 사회는 노인을 사회계약에서 '벗어난' 무용하고 위험한 존재로 판단한다.

✻

우리가 비관론자여서 나이가 되기도 전에 늙었다고 생각해본들, 그렇게 거듭 말해본들, 시간 경험은 우리 안에, 우리 위에 정신적·물질적 흔적을 새기고, 흉터 지도를 그리는데, 우리는 애써 그걸 감추려 든다. 세월이 우리 안에 새기는 변질 혹은 변화는 우리의 결정을, 미래에 대한 우리의 미각을 바꿔놓는다. 조심하지 않고 제 시간을 '태우는' 느낌, 우리가 참으로 당연하다고 느껴서 주의를 기울이지 않는 이 무한의 욕구는 점점 작아져서 더 살려는 의지로, 심지어 살아남으려는 의지로 탈바꿈한다. 이 의기소침은 우리가 태어날 때부터 천부적으로 소유한 삶의 충동이 누그러진, 나아가 희미해진 형태다. 그것은 우리 자신의, 우리 능력의, 우리 가능성의 축소가 아니라―젊었을 때 우리는 노인들이 모든 점에서 쪼그라들었다고 생각하는데, 그렇게 생각하는 편이 편리하기 때문이다―, 지평선과 맺는 관계이며, 제4의 벽*에 대한 인식이고, 빠져나갈 구멍의 부재인데, 그것은 자기 운명 길들이기로 바뀔 수 있다. 샤토브리앙은 또 이렇게 말했다. "내가 빈약한 내 자아에 아무리 사로잡혀도 내 삶을 앞지르지는 못하리라는 걸 잘 안다. 노르웨이 섬들에서 해독할 수 없는 글자가 새겨진 유골함 몇 개가 발굴되었다. 그 유골은 누구의 것일까? 바람도 결코 알지 못한다."『랑세의 삶』은 샤토브리앙이 쓴 마지막 텍스트다. 그는 글의 힘으로 노년을 실존 상태로 만들었다. 그가 바랐듯이 반죽음 상태가 아니라. 그 책을 읽고 다시 읽다가 이 책의 제목을『밤의 여행자』**라고 짓고 싶은 마음이 들었다. "노년은 밤의 여행자다. 이 여행자에게는 땅이 감춰져 있어 오직 하늘만 볼 뿐이다."

❋

---

* 연극에서 무대와 객석 사이에 존재하는 가상의 벽.

** 이 책의 원제『La voyageuse de nuit』는 '밤의 여행자'라는 뜻이다.

라르스 노렌의 연극 작품 〈먼지Poussière〉는 끝나가는 삶과 다가오는 죽음 사이에 놓인 아주 늙은 사람들을 무대에 올리는데, 그들 중 한 사람이 타인들에게 다가가며 외친다. "우리에게 젊어질 시간이 정말 있었던가요?"

아주 좋은 질문이에요, 라고 친구 에드가르가 말하더니 웃으며 덧붙인다. "난 서른 살의 젊은 늙은이들을 많이 알아요. 그 사람들을 보면 울적해지는데, 어떤 구순 노인들은 내게 활력을 줍니다." 늙는다는 건 자신을 미래로 투사하고 자신에게 가장 중요한 것이 무엇인지 알고 살아가는 것이다. 절대로 '멈췄다'고 느끼지 말라고, 보부아르는 『노년』에서 말한다. 그녀는 이렇게 덧붙인다. "모든 청년도 노인이 될 테니, 청춘도 한때다. 모든 노인은 한때 젊었으나, 모든 청년은, 모든 노인처럼, 현재의 강렬함을 가로막는 시간의 야단법석과 거리 둘 특권을 누리지 못했다……." 그래도 늙는 게 좋다면?

나이 관념

“삶의 문턱에서 그를 알게 되었을 때
내게 그는 친구였고, 청소년이었다.
그 젊음을 나는 무의식적으로
나 자신에게 부여한 젊음에 빗대어
가늠했다. 나는 그가 제 나이로 보인다고
말하고 싶었는데, 그의 얼굴에서 늙은
사람들의 특징이라 할 만한 몇몇 징후를
보고 놀랐다. 그건 그가 실제로 늙었기
때문이고, 청소년기가 꽤 길어지면
삶이 그들을 늙은이들로 만들기
때문이라는 걸 나는 깨달았다.”

—마르셀 프루스트, 『되찾은 시간』

코로나바이러스 감염병으로 인한 이동 통제 기간이라 나는 내 방 창가에 앉아, 지리적으로 그리 멀리 떨어져 있지 않은 손자와 스카이프로 소통한다. 손자를 끌어안고 싶은 마음이 간절하다. 휴대전화로 그 애가 아주 편안하게 말하는 모습을 본다. 그러다 갑자기 손자가 사라진다. 손자 대신 웬 안경 쓴 여자가 보인다. 여자는 안경 너머에 눈 그늘을 감추고 있다. 나는 생각한다. 눈 그늘을 들키지 않으려고 안경을 쓰고 있군. 그러다 여자의 입 오른쪽에서 비대칭을 발견한다. 그제야 나는 내 얼굴 아래쪽을 매만진다. 주름을 지우려는 듯이. 이 시련은 점점 더 잔인하게 반복된다. 무시하는 게, 무시하는 척하는 게 불가능하다. 상당한 나이에 이른 우리는 누구라도 이런 종류의 경험을 점점 더 자주 하고, 앞으로도 하게 될 것이다. 우리는 자신이 늙는 걸 보지 못한다. 그것은 사고처럼 별안간 닥친다. 그러니 내 앞에 보이는 모습이 잔인하게도 나 자신일 때 우리는 생각한다. 이 얼굴로 타인들 틈에 온종일 어떻게 돌아다니지? 어떻게 해야 이렇게 구겨진 얼굴로 눈에 띄지 않을 수 있을까? 등 뒤에서 보면 아직 나는 노인으로 보이지 않는다. 아직은 착각을 일으킨다. 그렇다면 눈앞에서는 어떨까? 언제까지 나는 나를 받아들일까? 언제까지 나를 '알아볼까'?

자신이 늙는 걸 보는 일은 타인들이 그 증거를 제시할 때보다 훨씬 고통스럽다. 우리는 우리 너머에 있다. 우리가 알고 싶어 하지 않을지라도, 우리가 예전에 한계 없이 누렸던 시간은 가혹하게 줄어들었고, 우리는 그걸 제대로 사용하지 못할까 겁낸다. 그렇다고 우리가 '우리의 시간을 허비'하지 않는 건 아니다. 우리는 여전히 꼼수를 부려 매 순간을 불꽃처럼 살 가능성을 줄곧 뒤로 미룬다. 우리는 제 삶을 훔치고도 무얼 잃는지 깨닫지 못한다.

　　　　　　　　＊

"그대들은 마치 영원히 살 사람처럼 산다. 그대들의 취약성을 결코 머리에 떠올리지 않는다. 이미 흘러간 그 모든 시간을 알아차리지 못한다. 마치 원하는 만큼 가질 수 있는 것처럼 시간을 허비한다. 그대가 누군가에게 혹은 어떤 활동에 할애하는 오늘이 어쩌면 그대가 살 마지막 날인지도 모른다. 그대의 모든 두려움은 죽음을 면할 수 없는 존재들의 두려움이지만, 그대의 모든 욕망은 불멸의 욕망이다."
— 세네카.

흔히들 나이를 '먹는다'고 말한다. 우리는 내재적으로 우리를 변화시킬 수 없다고 생각하는 이 시간의 흐름 속에서 언제나 자기 자신이라고 믿고서 삶을 연속적으로 살아가길 바란다. 그렇지만 아주 멍청하지 않고서야 모를 수 없다. 우리가 내일이나 모레 죽는다고 생각하지 않더라도 우리 삶의 무한을—우리가 스무 살 때는 결코 생각하지 못하는—오래 전에 단념했다는 사실을. 우리는 생명력을 고스란히 간직하고 있다. 우리는 살아 있다. 어떤 이들은 좋아하지 않겠지만 우리는 아직 살아 있다. 노년은 과거에 존재했다는 뜻이 아니라 **아직 존재한다**는 뜻이고, **변화**이다. 절실히.

늦은 저녁 시간이다. 그들은 막 지하철역으로 내려왔다. 보아하니 나처럼 아주 가까운 연극 공연장에서 나온 모양이다. 여자는 회색 파카에 청바지를 입었고, 운동화를 신었다. 남자는 조금 더 클래식한 차림으로 제 나이를 '입고' 있다.

여자가 휴대전화를 연다. 남자가 몸을 기울인다. 두 사람은 입을 맞춘다. 둘은 최소한 한 세기 반의 시간을 가졌다. 두 사람은 아름답다. 서로 눈을 바라본다. 웃는다. 아마 저 사랑 안에 존재해서 행복한가보다. 지하철이 도착하자 둘은 손을 맞잡고 열차 안으로 들어간다.

나는 내 젊음을 되찾고 싶지 않다. 결코. 나는 과거의 향수에 젖지 않는다. 내가 예전과 많이 다르다고 생각하지 않는다. 물론 조금 느려졌다. 길을 건너기 위해 빨간불로 바뀌길 기다리고, 가방에서 열쇠를 찾지 못하고, 전날 어디에 주차했는지 잊고, 약속 날짜를 헷갈리고, 더는 매일 저녁 외출하고 싶지 않고, 그렇다고 그만큼 현명해지지는 않았고, 방역 통제 때문에 빼앗긴 이 초봄에 내 창가에서 바깥 거리의 나무들에 돋아난 봉오리들을 보는 기쁨이 감소했다는 느낌이 들지도 않는다. 이 새로운 시작에 내가 온전히 가담하지 못하는 건 늙어서가 아니다. 그렇지만 매년 봄은 애절하다. 내가 살 봄이 얼마나 남았을까?

❋

패이딩fading이라는 말은 롤랑 바르트가 쓴 말로, 사랑받는 존재가 반발 없이 모든 접촉에서 물러나는 순간을 가리키는 말이다. 그는 응답하지 않는다. 사랑하는 이가 심지어 그를 무시하려 해도 더는 응답하지 않는다. 호스팅hosting은 자기 나이에도 불구하고 아직 젊다고 생각하는 사람들을 가리키는 새로운 용어다. 그들은 스스로 이야기들을 지어내고, 매끈한 피부를, 흠결 없는 몸을, 도톰한 입술을, 산발일지라도 결 좋은 머리카락을, 언제나 우아한 걸음걸이를 간직한다. 그들은 한창 확대되고 있는 광고 시장의 도움을 받아 자신감을 얻는다.

세월이 흐르는 동안 우리가 스스로 보호한다고 생각하고 구축한 이 단단한 자아.

이 자아는 시간이 흐르면 해체되기 시작할까? 우리가 일부 습관들, 일부 확신들을 버리고 다른 길로 접어들면 어떨까? 그런 이탈은 몸과 정신 속에 우리가 한 번도 예감하지 못했을 새로운 가능성을 창출하게 해준다. 덜 산만하고, 더 집중하고, 단일성이라는 내밀한 감정이 다가온다. 우리에게 시간이 중요해졌기 때문이다. 어떻게 해야 힘을 허비하지 않고 삶의 열린 쪽에 남아 있을까? 아직 거둬들일 수 있는 것을 한껏 거둬들이는 게 시급하다.

"우리는 나이가 들어서야 아름다움이 귀하다는 걸 깨닫고, 한 송이 꽃이 폐허와 대포 틈에서 피어나는 일이, 신문과 주식상장표 틈에서 문학작품들이 살아남는 일이 기적임을 알게 된다."

— 헤르만 헤세, 『노년 예찬』.*

자기 목소리를 낮춘다면 늙기를 받아들이기 시작한 게 아닐까? 개인적 탐구의 칼날을 갈기, 호기심을 자극하기, 자기 자신보다 타인들에 몰두하기. 새 리듬을 찾기, 새로운 칸막이들을 열기, 놀라기, 더는 잃어버릴 게 없으므로 명령 따위는 아랑곳하지 않기, 과거의 것에 틀어박혀 탄식하지 말고, 바로 이 순간 자신의 가능성들을 간직하는 행운을 알기.

* 우리나라에서는 『어쩌면 괜찮은 나이』(2017, 프시케의 숲)라는 제목으로 번역 출간되었다.

막내딸 팔로마는 어느 날 내가 학교 문까지 자기를 데려다주지 않아도 된다고 결정했다. 딸은 그 이유를 내게 어렵게 털어놓았다. "엄마는 너무 늙었어. 친구들의 엄마처럼 젊지 않아." 팔로마는 내가 마흔 살에 태어났다. 따라서 나는 삼십대 엄마들 틈에서 유일하게 마흔여덟 살의 늙은 엄마였다. 나는 그 말에 상처를 입었지만 이해했다. 그래서 아무 말도 하지 않았다. 자식이 학교 교문을 들어서는 걸 볼 권리가 있는 엄마들에게 내 딸을 맡기고 나는 마음속으로 죽음을 받아들였다. 몇 주 뒤, 어느 화창한 아침에 팔로마가 설명도 없이 내 손을 잡고 그 숙명적인 경계를 넘어서서 나를 학교 앞으로 이끌고는 내게 어리광 부리는 모습을 제 친구들과 친구들의 엄마들에게 보여주었다. "엄마 있잖아, 엄마가 더 늙어 보여도, 어떤 친구들의 엄마들은 머릿속이 엄마보다 훨씬 늙었어." 이튿날 딸이 내게 털어놓았다. 그날은 내게 영광의 날이었다.

＊

나의 할머니는 장날에 집으로 돌아오면 언제나 같은 의자에 앉아 숨을 돌리곤 했다. 구부정하게 고개를 숙이고 두 손을 귀에 대고 할머니는 사과라도 하듯이 내게 말했다. "너도 내 나이가 되면 알게 될 거야." 나이는 내가 위협으로 이해한 숙명이었다. 노인들은 노티를 냈다. 나이는 운명이 당신에게 할당하는 숙명이고, 확실성이고, 전적으로 사회적 사실이었다. 우리는 거기서 벗어날 수도 없고, 빠져나갈 수도 없다. 그러나 노인들은 특권을 지녔다. 그들에겐 돈이, 힘이 있었다. 나는 노인들이 길을 가로막는다고, 우리가 존재하는 걸 방해한다고, 자리를 내주지 않고 사회를 마비시킨다고 생각한 세대에 속한다. 젊어서 죽을 지경이었다. 68년 5월 혁명은 중요한 지렛대였다. 게이뤼삭 거리에 오랫동안 붙어 있던 슬로건이 기억난다. "늙는 걸 금지한다." 그 슬로건이 우리는 무척 마음에 들었다. "달려, 친구, 늙은 세상이 네 뒤를 쫓아오고 있어." 그 후 우리는 맨 앞줄에 선 느낌을 받았고, 우리 자신을 이 미래 세상의 파수꾼으로 생각했다. 그리고 노인들은 과잉 존재였다. 우리가 존경했던 이들조차 그랬다. 장폴 사르트르가 소르본대학에 왔을 때 그는 인파에 떼밀렸다. 늙은 사람이었기 때문이다. "교수님들, 당신들은 늙었어요. 당신들의 문화도 늙었고요." 우리 젊음은 그 자체로 무기였고, 명백한 차이였으며, 그들은 결정적으로 반대편에 있었다. 노인들은 더 이상 중요하지 않았다. 게다가 사람들은 그들을 늙다리라고 불렀다. 오늘날엔 내가 슈퍼 늙다리다. 자신들의 미래를 걱정하는 청년들을 나는 인정할 수밖에 없다. 청년들은 그들을 점점 더 신뢰하지 않고, 책임도 맡기지 않고, 망가진 지구를 유산으로 남겨 계속 살아가려면 후세대들이 지구를 보살필 수밖에 없게 만든 앞선 세대들의 이기주의를 비판한다. 밀레니엄세대는 세상을 바꾸었고, 우리 베이비부머세대는 청년세대들이 아주 어린 시절부터 젖어 살아온 이 비물질적인 세계의 코드들을 배움으로써 그들 세상에 적응하려고 서툴게나마 애썼다. 공통 세계에 대한 지각의 차이에 진짜 균열이 있으면 어쩌나? 오늘날, 68년 5월 혁명 직전처럼 전 세계에서 노인에 맞서는 저항이 번지고 있다. 사람들은 노인이라면 지긋지긋해한다. 그들의 구호는 '오케이 부머OK boomer'다. 마음대로 지껄여. 당신 같은 꼰대 말은 안 들어. 이 모든 건 뉴질랜드 녹색당의 젊은 여성 의원으로부터 시작되었다. 2019년 11월, 반원형 객석을 채운 50세 이상의 청중들이 자기 말에 귀를 기울이지 않자 그녀는 흑판을 하나 꺼내더니 오케이 부머를 썼다. 그 표현은 SNS상에서 크게 화제가 되었고, 바이러스처럼 번졌다. 세계 곳곳에서 Y세대가 주관한 지구 보호 시위에서 플래카드들이 등장했다. 노인들이여, 덤벼라! 젊은 사람들은 우리가 어른으로서 책임을 지지 않았다고 비난한다. 그들이 우리의 집단 무책임을 규탄할 만하지 않나?

＊

코로나바이러스 감염병 초기부터 우리의 나이는 취약함

의 객관적 준거였다. 우리는 과학적으로 '위험군'으로 분류되었다. 일부 밀레니엄세대는 바이러스가 출현하자마자 SNS상에서 바이러스에 새로운 이름을 붙여 인기를 끌었다. 부머 리무버boomer remover, 문자 그대로 부머 제거제라는 뜻이다. 나이를 취약성으로, 나아가 결핍으로 보는 것이다. 마치 우리 모두가 이미 병에 걸리기라도 한 것처럼 면역 장벽의 결핍, 반응 결핍으로 본다. 대통령이 텔레비전에서 첫 담화를 하던 날 가장 취약한 70세 이상 노인들은 집에 머물러야 한다고 공표했는데—대규모 통제가 시작되기 일주일 전이었다—가장 취약한 사람들이었기 때문이다. 그날은 바로 나의 일흔 살 생일이었다. 생일 파티는 하지 못했다. 이튿날 내 고용주가 내게 알렸다. 내 나이 때문에 더는 일하러 오지 말라는 것이다. 느닷없이. 다음 날 밤, 나는 경찰관들이 거리에서 나를 멈춰 세우고 신분증을 요구하더니 법규를 어겼다며 두들겨 패는 꿈을 꾸었다. 그 후 시간과 우리의 관계는 금세 난폭하게 변했고, 이 비극에 우리의 일상도 뒤흔들려 우리는 나이를 잊고 타인들을 보호하는 데 마음을 써야 했다. 사망자 수가 우리를 불안과 연민, 나약함과 도우려는 욕망이 뒤섞인 복잡한 소용돌이 속으로 내몰았다. 매일 미디어에 불려 나온 의사들과 과학자들의 담론에는 나이가 강박적인 준거로 등장했다. 매일 저녁 사람들은 우리 노인들이 가장 큰 타격을 입었다고 환기했고—일정한 나이가 되면 죽음에 가까이 다가간다는 명백한 사실을 어찌 부인하겠나!—우리가 위험군이며, 가장 취약한 환자로 소생실을 다 차지하지 않도록 병들지 말아야 한다고 거듭 말했다. 요컨대 일종의 차별적 분리가 우리에게 가해졌다. 우리는 이른바 열외 존재들이며, 종종 경제적으로 비생산적이라고 선언되었기에 매우 무용하다고 평가받았다. 통제 해제 가능성이 진지하게 고려되었다가—브리지트 마크롱에게 고마워해야 할까?—결국 무산되면서 상당한 항의를 불러일으켰다. 격분한 청원이 많이 나돌았다. 가장 감동적인 청원은 세르주 클라르스펠드*가 공화국 대통령에게 보낸 것이다. 그는 전쟁과 유대인 학살에서 살아남은 이들 중 상당수가 노인요양시설에서 죽어간다는 점을 부각했다. 코로나바이러스는 노인들의 사망률을 높였다. 그들은 병에 걸려 죽거나, 지인들의 방문을 박탈당하고 간접적으로 죽어갔다. 클라르스펠드는 가장 기본적인 인권이 훼손당하고 있다고 강조했다. 그의 말이 효력을 발휘한 걸까? 방문 조건—엄격하게 통제되던—이 완화되었다.

✻

흔히들 노년은 인생의 저녁이라고 말한다. 왜 어두울까?

---

* 유대인 수용소 생존자로 나치 관련 전범들을 추적해온 변호사(1935~).

오히려 빛이 이토록 강렬한 적이, 심지어 눈부신 적이 없었다. 노란 부표 너머까지 헤엄치고 싶고, 산길을 걷고 싶고, 내려올 때 무릎이 아픈데도 계속하고 싶은 마음이 든다. 어느 정도 짧은 시일에 내게 닥칠 일을 예리하게 인식하며 현재를 향유한다. 앞날이 어떻게 변할지도 알고 싶다. 나 자신이 되어가나?

*

"두려움과 불안에서 자기 자신과의 합일로 가는 길을 걷기까지 때로는 일생이 걸린다. 삶에 동화되기까지."
　―샤를 쥘리에.

*

우리와 다른 사람들이 우리가 겪는 걸 이해할 수 있을까? 우리는 할 말을 찾을 수는 있겠지만 우리가 겪는 것을 어떻게 느끼게 할까? 노화는 배워서 터득될까?

노화란 사회적 장신구들을 버리는 것일까? 우리에게 진짜 중요한 것을 둘러싼 느린 중심 이동이고, 마침내 핵심에 이르기 위해 모든 겉치레를 벗는 일일까? 우리가 겪지 못했거나 겪을 줄 몰랐던 모든 것의 되풀이가 아니라 일종의 신뢰

수련일까? 젊었을 때 나는 나 자신을 들이받았고, 안달했고, 무엇 하나 충분히 빨리, 충분히 강력하게 되어가는 게 없다고 생각했다. 조화롭지 못한 상태로 살았다. 늘 부족한 느낌이었다. 삶의 시계는 헛되고 거들먹거리는 이 기다림을 가라앉혔고, 심지어 우스꽝스럽게 만들었다. 그렇다고 가혹한 세월이 제 속도와 근심과 불안을 떠안기며 나를 괴롭힌 건 아니다. 나는 내 삶을 혼잡하게 가로막고 있던 온갖 피폐한 착각들을 던져버렸다. 그러자 자연스레, 내가 수십 년째 그저 정중한 무관심만 느껴온 지점에서 아름다움을 들춰내어 받아들일 준비가 되었다. 파울 첼란의 시를 한 편 읽고 벼락 맞은 듯 충격받고, 아너 테레사 더케이르스마커르의 춤을 보는 동안 눈에 눈물이 맺히고, 말러의 9번 교향곡이 연주되는 동안 내 몸은 그 집합체와 하나가 된다.

＊

늘 그렇듯이 나는 또 틀렸다. 내비게이션을 쓰면서도 원형 교차로를 뱅뱅 돌며 헤맨다. 그래도 괜찮다. 내 곁에는 티에르티외 니앙이 있으니까. 그는 나와 함께 벌써 두 달 넘게 석 달마다 이브리의 샤를푸아 병원의 선도적인 노인 병동에 다니고 있다. 매번 그는 록스타처럼 환영받는다. 그곳 재원 환자들의 평균 나이는 아흔이 넘는다. 이 안무가이자 무용수는 그곳에서 3년째 놀라운 일을 해내고 있는데, 그의 활동은 발레리아 브루니 테데스키와 얀 코리디앙이 만든 영화 〈아흔의 아가씨Une jeune fille de quatre-vingt dix ans〉로 영원히 남게 되었다. 처음에 티에리는 환자들과 간병인들이 병원 안에서 예술 작품들을 보고 말하고 표현하게 하자고 제안한 루브르박물관의 청원을 받고 루브르가 병원의 노인 병동 홀에 전시한 작품들 한가운데에서 춤추려고 왔다. 그리고 즉각 반했다. 병동 책임자인 아미나 라루는 예술의 치유 덕목을 믿고, 노화에 대한 시각을 현대화하고 개선하기 위해 10년 전부터 대담한 투쟁을 이어오고 있는 인물로, 이 일에 걸린 쟁점을 즉각 파악하고는 티에리에게 다시 와달라고 제안했다. 그녀는 티에리의 우아함과 부드러움이 병석에 누워 지내고 휠체어를 타야 할 환자로 진단받은 노인들을 자극해 그들이 고개를 들고, 등을 펴고, 나아가 온몸을 일으켜 춤까지 출지도 모른다는 사실을 바로 이해했다. 아미나는 노인병 전문의이다. 이 젊은 세대의 의사들은 단지 나이 때문에 마치 우리 세계와 동떨어진 세상에서 목숨을 부지하도록 선고받은 것처럼 대개 사회와 단절된 공간에 유폐된 노인들의 일상생활을 개선하려고 애쓰고 있다.

이날 아침, 1층이 원형으로 건축된 병동 건물의 모든 유리창으로 눈부신 가을 햇살이 쏟아졌다. 입구에 들어서면 누구나 와서 연주할 수 있도록 홀 한가운데 피아노 한 대와 의자가 놓여 있고, 녹색식물이며 병동 거주자들이 그린 그림들, 긴 의자들이 보여 꼭 생활공간에 들어서는 느낌이다. 프랑스에서 가장 비싼 시설들까지 포함해 노인요양시설에서 자주 느꼈던 그런 공간 같지 않았다. 이곳은 모든 것이 열려 있고, 향기롭고, 모든 방이 정원 쪽을 향하고 있다. 병원에서는 다양한 질병을 앓는 이른바 '고령자'로 불리는 사람들을 이곳으로 보낸다. 이곳에서는 모든 걸 돌봐준다. 보살핌의 대가로 돈을 지불하지는 않는다. 어쩌면 그런 이유로 간병인, 간호사, 병실 직원 들이 각 재원자와 사적인 관계를 맺는 걸까? 라방티나가 우리를 맞아준다. 목에 빨간 목걸이를 걸고—지난주에 동료들이 준 생일 선물이다—흰 가운 차림에, 상대를 무장해제시키는 미소를 띠고서 그녀는 작년 여름에 우리가 방문한 뒤로 만사형통이라고 말한다—이건 그새 사망이 없었다는 걸 우리에게 말해주는 그녀만의 방식이다. 이곳 재원자들은 의사의 결정으로 공공병원에서 온 사람들로 자기 방에 머물지 아니면 공동 공간에서 지낼지를 선택할 수 있다. 재원자 대부분은 휠체어에 탄 채 탁자를 둘러싸고 있고, 대개 자기 세계에 빠져 고개를 숙이거나 지평선을 바라보고 있다. 그들은 서로 말을 주고받지는 않아도 다른 식으로 소통하고, 친한 사람들끼리 모여 있다. 여기는 베트남 여성들이 모였고, 저기는 세련된 신사들, 또 여기는 서로 눈을 바라보며 손을 맞잡은 부부들이 모여 있다. 티에리가 한 무리 쪽으로 다가간다. 그는 점퍼를 벗었고, 주머니에 아무것도 갖고 있지 않다. 그런데 내 눈에는 그가 두 시간 넘도록 마술사처럼 온갖 선물을 나눠줄 사람처럼 보인다. 그는 손을 내밀고 레오니에게 다가간다. 레오니는 고개를 들고 희미하게 미소를 짓더니 그에게 한쪽 손을 내민다. 그녀 곁에 앉은 여성도 뒤지지 않으려고 손을 내민다. 티에리의 존재가 촉발한 일종의 질투심이 나이 든 부인들과 몇몇 남자들의 눈길에 불을 지핀다. 티에리는 한 사람 한 사람 이름을 부르며 인사하고 건강을 묻는다―이 사람들이 오래전에 말을 사용하는 법을 잃었기에 그가 질문도 하고 답변도 한다. 문자 그대로 각 개인을 '일깨우기' 위해 필요한 시간을 충분히 들인다. 대개 고개를 끄덕이는 것으로 대답을 하지만, 가끔 말이 조각조각 나오기도 해서 그는 해석한다. 그의 몸은 춤추기 시작한다. 그가 몸을 길게 늘여 공간을 그리면, 그 공간을 에워싸고 다른 거주자들이 모여든다. 휠체어에 웅크린 한 여성이 우리가 도착한 뒤로 작은 비명을 내질렀다. 그 비명 사이로 "괜찮아, 안 괜찮아"라는 문장이 거듭 나왔고, 휠체어 위의 여성은 일어서기 위해 몸을 빼내려고 애쓴다. 티에리가 그녀 쪽으로 다가가 어깨에 한 손을 댄다. 그리고 다른 손은 그녀의 두 발에 대고 그녀가 혼자 일어선 걸 느끼게 했다. 그러곤 몇 초 동안 그녀에게서 손을 떼고 그녀의 눈을 똑바로 응시하며 그녀를 끌어안을 듯이 두 팔을 벌린다. 그가 그녀를 끌어안자 모인 사람 모두가 기뻐한다―간병인, 간호사, 병동 직원들, 모두가 그가 만들어낸 이 생명의 원형 속에 모여든다. 그 후 말의 시간이 왔다. 몸들이 풀렸고, 여러 사람이 그에게 뭔가를 말하고 싶어 한다. 몇몇은 비밀이라며 꼭 말해 주고 싶단다. 티에리는 대체로 각 사람 앞에 무릎을 꿇고 두 손을 맞잡고 귀를 기울이고, 말을 해독하고, 반복하게 하고, 이해하려 애쓰며, 자신이 이해한 걸 다시 말하고, 동의의 신호를 기다리고 나서 다음 사람에게로 넘어간다. 커피 잔들이 돌고, 커피 향기에 점심 식사를 준비하는 부엌에서 새어 나오는 음식 냄새가 뒤섞인다. 티에리는 너무 피곤해서 방에 남아 누워 있는 '여자 친구들'을 일일이 돌아본다. 잠들어 있어도 각 사람에게 다가가 마치 백마 탄 왕자처럼 그들을 깨우고, 대개 조용히 대화를 나눈다. 나는 목이 메어 살짝 열린 문 앞에 머문다. 그곳을 떠나오기가 얼마나 힘든지 모른다.

　　　　　　　＊

　기차는 제시간에 도착했다. 택시가 대기하고 있었다. 나는 두근대는 심장으로 커피를 마시기 위해 시간 맞춰 식당에 도착했다. 엄마가 나를 보고 웃었다. 아버지는 나를 끌어안았다. 아버지는 가족 소식을 물었고, 미안하지만 피곤하다며 간병인에게 방으로 데려다달라고 청했다. 요양원에 들어가기로 결심한 뒤로—자식들과 아내의 반대에도—아버지의 삶에서 잠은 아주 중요한 자리를 차지했다. 아버지는 자발적으로—그렇다—잠들려고 시도했다. 아버지는 그걸 부인하지 않았다. 나도 그 사실을 알고 있었다. 아버지가 꼼꼼히 검색해서 골라둔 기관으로 구급차를 타고 따라오면서 나는 정말 마음이 아팠다. 아버지는 세 차례나 요양원에 들어가려고 시도했다. 언니와 나는 애원했다. 엄마는 이미—오래전부터 양해된 일이었다—꼼짝 않기로 결심했다. 나는 가방을 쌌다가 풀곤 했는데, 9월의 그날 아침에 아버지는 아내와 자기 방과 작업실을 떠났다. 모든 걸 남겨두고. 내가 거듭 권했지만 아버지는 컴퓨터도, 30년째 아침저녁으로 다시 읽고 있는 『잃어버린 시간을 찾아서』도 가져가길 원치 않았다. 그리고 정기 구독도 모두 해지했다. 〈산La Montagne〉만 빼고. 그리고 아무것도 챙기지 않고 떠났다. 나는 아버지의 친구분이 1960년대에 그린 어머니의 초상화와 증손자들까지 함께 찍은 가족사진 한 장을 아버지 몰래 가방에 집어넣었다. 아버지는 도착한 날 오후에는 쾌활했다. 게다가 그곳 분위기는 밝았다. 원장은 아버지를 새 가족처럼 맞아주었고, 집에서 아버지를 돌봐주던 간호사들도—세월이 흐르면서 친구가 되었다—자식들을 데리고 찾아와주었다. 아이들이 소리치고 뛰어노느라 병실은 놀이터로 변했다. 어느 순간 아버지는 이 작은 축제를 중지시켰다. 혼자 있고 싶어 했다. 우리는 모두 떠났다. 한밤중에 아버지가 넘어졌다. 오른쪽 손뼈가 부러졌다. 이제 아버지는 혼자 걸을 수도 없고, 더는 책도 읽지 못하고, 텔레비전만 조금 본다. 그리고 기다린다. 평온하고 따뜻하게 죽기를 기다린다고 말한다. 아버지의 바람과 달리 죽음은 빨리 찾아오지 않는다. "있잖니, 우리 아버지는 몸이 좀 이상하다고 느끼자 마지막으로 들판을 가로지르며 산책했고, 암소들을 보고 돌아와서 자리에 누웠어. 그리고 밤에 가셨지. 여기서는 사람들이 기운을 북돋아주고 우리가 온전히 남을 수 있도록 살펴줘. 하지만 그걸로 충분치 않아. 도무지 끝이 없고, 머리는 계속 작동해. 자기 삶을 이렇게 끝내는 게 현대적인 방식인 모양이야. 그렇다면 현대적인 게 기분 좋은 건 아니구나. 불평하는 게 아니야. 아냐, 아냐, 견뎌내야 해." 병동 거주자 대부분이 무리 지어 각자 방으로 다시 떠난다. 휠체어들이 승강기 앞에 정체되어 있다. 유리창 너머로 벌거벗은 장미나무들이 바람에 맞서 버티고 있다. 그 광경을 엄마에게 보여주자 엄마는 고개를 끄덕이며 미소 짓는다. 엄마에게 커피를 더 마시겠냐고 제안한다. 우리 맞은편 벽에는 겨울 숲을 그린 그림들이 걸려 있다. 싸늘한 느낌이 훅 다가온다. 나는 엄마의 손을 감싸 쥔다. 분별력을 잃은 웬 부인이 멀리서 어린 시절의 동요를 흥얼거린다. 엄마가 웃는다. 엄마는 자신이 어디에 있는지 알지 못한다. 그래서 종종 여기가 어디냐고 묻는다. 내가 아무리 얘기하고 또 얘기해도 3일이 지나자 엄마는 아버지에게 가보라고 말했다. "알잖니, 그 사람은 내 남자야. 평생 함께 산 남자잖냐." 엄마는 기억하지 못한다. 엄마는 말한다. 이곳은 죽음이야. 엄마는 당장 나가고 싶다고 말하지만 내가 그래도 된다고 말하면 마음을 바꾸고 나중으로 미룬다. 내가 지리적으로 엄마에게서 멀어지면 엄마는 당장 데리러 오라고 명령한다. 내가 곁에 있을 때는 시계를 들여다보며 다시 가라고 명령한다. 내가 기차를 놓칠까 겁내는 것이다. 갈피를 잡을 수가 없다. 엄마 곁에 있어도, 멀리 떨어져 있어도 똑같은 고통이 느껴진다. 엄마는 당신 세계에 빠져 있고, 나는 아직 조금은 엄마의 세계이기도 하다고 믿는 세계 속에 있다.

✹

"절대 길 잃을 줄 모르는 자는 영원히 길 잃은 사람이기도 하다. 둘 모두가, 다시 말해 동일한 인물이 길로 접어들 가능성은 없을 것이다."
— 클레망 로세.

✹

노인들, 그들을 함께 모아두고 기다려야 한다. 뭘 기다릴까?

기다리는 건 죽음이지, 많은 즐거움을 내포했을지 모를 삶에 대한 희망이 아니다. 그러나 그러기 위해선 시선을 바꿔야 하고, 우리에게 제시되었다고 일컬어지지만 실은 강요된 모델들과 완전히 다르게, 함께 사는 삶을 변호해야 한다. 노인 차별에 맞서 싸워야 하고, 그것을 우리 문명의 주요 대의로 삼아야 한다. 이것은 분명히 대의의 문제이기 때문이다. 인간적이고 인본주의적이며, 사교적이고 정치적인 대의. 이 성과成果 강박의 시대에 사회가 '무용하다'고 간주하는 노인들을 돕는 일은 방문 요양사나 생활 도우미들에게—97퍼센트가 여성이다—물질적으로—보잘것없는 급여—, 심리적으로, 정신적으로 힘든 일이다. 왜 사회적으로 이토록 유용한 직업들이 좋은 평판을 받지 못할까? 기껏해야 살림 도우미로 취급당하는 이 여성들은 자신들의 직무를 제대로 평가받지 못하는 고초를 겪고 있다. 그들은 동행하고, 책임감을 고취하고, 존중과 호의를 품고 돌보는 사람들에게 신뢰와 자율성을 안긴다. 그들은 '대신해서' 일을 최대한 빨리 처리하려는 게 아니라, 스스로 할 수 있도록 돕는 것이다. 노인요양원은 탁아소가 아니다. 최대한 안전을 보장한다는 구실로 사람들은 노인들을 어린아이처럼 대하고 노인들이 온전한 시민 자격을 누리지 못하게 가로막는다. 노인들은 공화국의 잊힌 시민들인가? 나이로 인한 차별에 대해 국가인권기구에 보고된 수많은 고발은 학대 사례가 발생하는 일부 장소의 염려스러운 상황을 확인해주는 동시에, 가장 기본적인 권리들을 주장하는 가족 또는 노인들의 의식을 확인해준다. 자크 투봉*은 세계적 유행병 전부터 노인복지 계획이 줄곧 무기한 연기되어왔다고 강조한다. 에마뉘엘 마크롱은 이듬해에 그 계획을 다시 우선적으로 검토할 것이라고 말했다. 나이는 보험회사에서도 은행에서도 권리의 관점으로 볼 때 받아들이기 힘든 차별의 준거가 된다. 투봉은 더는 나이 제한이 없을 사회를 꿈꾸고, 미성년자들이 나이 많은 사람들보다 훨씬 많은 권리를 누리고 있다는 사실을 관찰한다. 그는 모든 상황에서 나이 문제를 '무력화'해야 한다고 생각한다. 일자리 시장에서건 사적인 삶에서건 일해온 세월 때문에 취약해진 사람들에게 살 권리를, 치료받고, 존중받고 보호받으며 살 권리를 제공해야 한다고 생각한다. 그러나 불행히도 항상 그렇게 되지는 못한다. 그럴 수단이 명백히 부족하기 때문이다. 우리는 위임 시스템에서 소리 없이, 조금씩 용역 시스템으로 건너갔다. 일부 인구의 지위 실추가 계속되고 있지만 당장 지속적인 문제로 제기되지는 않는다. 따라서 예산을 절약하려고 가장 기본적인 권리들마저 의식적으로 침해하는 기관들도 있다. 일부 노인요양시설들이 현황을 보고하는 대상은 주주들이지 은퇴자들이 아니다. 그렇지만 노화의 속도가 놀랍도록

---

* 문화부장관과 법무부장관을 역임했고, 인권 옴부즈맨으로 활약한 프랑스 정치인(1941~2020).

빨라지고 있는 나라에서 침묵의 계율을 오랫동안 지키고 타조 정책을 계속 이어가기란 불가능할 것이다. 제기되는 건 윤리와 인구통계학 차원의 문제들이다. 최근에 노인의 수가 60퍼센트나 증가해서 65세 이상 노인은 1300만 명이 넘는다. 왜 우리는 이렇게 수가 많은데 이렇게 고분고분할까? 2018년 5월 국가윤리자문위원회는 노인들의 '게토화'를 고발했고, 노인들이 처한 수치스러운 조건을 부각했다. 요양시설에 노인들을 수용하면서 수치스러운 상황이 야기되고, 그 상황이 다시 수치스러운 일들을 야기하는 것이다. 위원회는 이렇게 결론짓는다. "이 사회적 배제는 아마도 노화가, 삶의 끝이, 죽음이 의미하는 것에 대한 집단적 부정否定과 결부된 것으로 진짜 윤리적 문제들을 제기한다. 특히 인격 존중의 관점에서 그렇다." 50년 전 보부아르가 『노년』에서 쓴 글을 떠올리지 않을 수 없다. "우리 삶의 의미는 우리를 기다리는 미래의 문제가 된다. 우리가 앞으로 어떤 사람이 될지 모른다면 지금 누구인지도 알지 못한다. 이 늙은 남자, 이 늙은 여자에게서 우리를 알아보자. 우리가 우리의 인간적 조건을 고스란히 받아들이고 싶다면 그래야 한다. 따라서 우리는 앞으로 더는 노년의 불행을 무심히 받아들이지 않을 것이며, 우리의 문제로 느낄 것이다. 실제로 우리의 문제다." 물론 예전이라고 더 나았던 건 아니다. 1980년대까지 존재했던 대규모 호스피스 병동들의 시대가 지나간 건 다행스러운 일이다. 호스피스 거주자들은 위생시설도 없이 간호도 못 받은 채, 병석에 누워 지내는 환자들을 위한 배변용 침대들로 채워진 공동 침실을, 가장 빈곤한 사람들이 죽음을 기다리는 병실을 빼곡히 채웠었다. 일정한 나이를 넘긴, 수입 없는 사람들은 비−주체들로 간주되었다. 노화와 가난은 오랫동안 직결되어 있었다. 프랑스에서 노인들은 '경제적 약자'라는 말로 지칭되었다. 1970년에도 연금 수령자의 절반 이상이 당시 최저임금의 75퍼센트에도 못 미치는 연금으로 생활했다. 그러나 오늘날 노화는 하나의 시장이 되었고, 나이 많은 사람들은 그 어느 때보다 수준 높은 삶을 살고 있다. 지난 50년 동안 노인들의 소득은 젊은 사람들의 것보다 훨씬 빠르게 올랐다. 노인을 돌보는 일 역시 의학 발전의 혜택을 누리고 있다. 발전된 의학 덕에 점점 더 많은 사람이 더 오래 살 수 있게 되었는데, 이 새로운 현상은 인간적으로, 정치적으로 제대로 고려되지 못했다. 최고 부자들에게는 아무 문제가 없다…… 아니 거의 그렇다. 노년이라는 질병이 우리의 잠재의식 속에 분명히 자리 잡고 있어 모든 사람을, 돈으로 보살핌을 받을 수 있는 사람까지도 망가뜨리기에 하는 말이다. 그저 쓸모없는 몸으로, 쇠약해진 정신으로, 먹여 살려야 할 입으로 여겨지는 건, 효율에, 외양에, 현재에, 젊음의 힘에 숭배를 바치느라 병든 사회가 드러내는 심각한 징후다. 점점 더 빨리 달려가는 이 기차에 올라탈 수 없는 사람들은 특별한 공간에 '배치'된다. 그들은 죽을 계획을 품고 그곳에 들어가지만, 그 계획은 생각만큼 충분히 빨리 실현되지 못한다. 40년 전만 해도 도시에 사는 우리의 조부모들은 고령이 될 경우—평균수명이 70세였다—마지막까지 우리 부모나 부모의 친척 집에서 지냈다. 시골에서도 마찬가지였다. 아들들은—부모로부터 물려받은 재산으로—죽음이 닥칠 때까지 부모와 함께 살았다. 그런 삶이 딱히 유쾌하진 않았다. 때로는 가정 내 학대가 있기도 했다. 그러나 노인들은 세대 순환의 일환으로서 가정 내에서 지위와 자리를 차지했고, 인정을 받았다. 오늘날 그들은 나이 차별로 인해 근본적으로 명예가 실추되었다. 아파트는 너무 작아졌고, 사고방식은 달라졌다. 누구도 책임지지 않고, 죄의식도 없다. 그럼에도 부모가 최고의 '말년'을 보낼 수 있도록 뭐든지 하겠다는 생각은 계속 남아 있어서 '간병인'이라고 불리는 사람들이 수백만에 달한다. 사람들은 부모를 돕기 위해 시간을, 에너지를, 돈을 들인다. 그런 기관들에 붙여진 이름조차 사회가 노인들을 애초부터 깎아내리는 방식을 말해준다. EHPAD, 의존적인 노인들을 위한 수용시설이라는 뜻이다. 왜 노년과 의존은 떼어놓을 수 없도록 단단히 묶여 있을까?

프랑스에서 우리는 많은 호의와 인간애가 통용되는 사회, 즉 타인들, 특히 친족들을 배려하는, 대단히 오래된 관계로 짜인 사회에 살고 있다. 프랑스에서는 대개 가정에서 나이 많은 가족 일원을 제대로 돌본다. 그러면서 대개 그들을 위해 저축을 깬다. 현재 요양시설에서 생활하는 사람의 80퍼센트가 평균 1600유로쯤 되는 월 부담금을 해결하기 위해 가까운 친지들에게 도움을 청할 수밖에 없는 형편이다. 노인을 위한 시설들에서 일하는 인력은 대개 여성이다—개중에는 형편없는 보수를 받고 매일 직업적, 육체적, 인간적 자질이 요구되는 힘든 일을 하는 젊은 여성들도 있다. 간병인뿐만 아니라, 생활 도우미라고 불리는 이들도 있다. 나는 그들에게 진심 어린 경의를 표하고 싶다. 사람을 몹시 지치게 하는 노동과 많은 작업시간에도 불구하고 그들은 수준 높은 간병을 하고 인간애 어린 행동들로 역할을 탁월하게 수행해낸다—두 손을 잡고, 귀에 대고 말하고, 어깨를 토닥이고, 조심스레 이동시키고, 옷을 입히고, 씻기고, 미소 짓고, 눈을 들여다보고, 그럼으로써 그 사람을 인간 공동체와 이어주는 일을 한다. 그런 일을 하려면 시간을 들여야 하고, 시설에서 존중받아야 하고, 상당히 긴 수련을 거쳐야 한다. 가톨릭 종교에 영향받은 억견에 젖어 우리는 흔히 타인을 보살피는 일을 봉사나 자선으로 생각하지만, 그 일은 고유의 규칙과 행동하고 말하는 방식을 갖춘 직업이다. 2003년에 닥친 폭염으로 죽은 희생자들의 수와 나이에 우리는 놀랐다. 1만 9천 명이 더위 때문에 사망했는데, 모두 노년층이었던 것이다. 첫 몇 주 동안엔 귀가 먹먹할 정도의 침묵이 흘렀다. 사람들은 집이나 병원, 요양원에서 죽어가는 노인들보다 축사에서 고통받는 돼지와 닭 얘기를 더 많이 했다. 노인들의 고독, 여름 동안 멀리 떠나는 친지들, 도시 속 사회관계의 상실, 이런 건 개인적인 문제일 뿐 아니라 보건, 정치, 윤리의 문제이기도 하다. 가장 허약하고 가장 고립된 이들을 돌봐야 할 공공 서비스의 무능과 무관심을 드러내는 기호이기도 했다. 모두가 젊은 생명들을 구하는 편이 낫다고 생각하는, 말하자면 일종의 포기, 죄가 되는 포기였다. 먼지를 슬며시 양탄자 아래로 밀어넣고 정치적으로, 집단적으로, 개인적으로 상황을 직면하지 않는 방식이 다시 우세해졌다. 가세요. 구경할 것 하나 없어요. 입도 뻥긋하지 마세요, 하는 식이다. 게다가 요양원을 다녀온 얘기를 늘어놓는 친구의 얘기보다 더 지루한 게 뭐가 있겠나? 당신은 대화 내용을 바꾸려 들 것이다. 레지스 드브레가 『노령 계획Le Plan vermeil』에서 이렇게 말하듯이. "우리는 빅토르 위고를, 알베르트 아인슈타인을, 혹은 에마뉘엘 수녀를 좋아한다면서 쉽사리 안면몰수하고 할아버지를 침대에 묶어두고 먹을 것도 주지 않는다." 그렇다, 프랑스에 있는 7천 개의 요양시설에서 이런 일이 일상적으로 일어나진 않는다는 건 안다. 하지만 그런 시설에는 70만 명이 넘는 사람들이 '살고', 35만 명의 건강 전문가들이 점점 더 엄격하게 통제되는 국가 예산으로 일한다. 국가는 부족한 재원에는 침묵으로 일관하고, 요양시설의 인력을 15퍼센트 감축하라고 끈질기게 요구하니, 훌륭하게 일을 해내고 있는 간병 인력의 일부는 요양시설을 향한 끈질긴 비방에 격분해서 점점 자주 파업하고 있다. 이런 일이 입주금이 무척 비싼 고급 시설들에서 밤마다 일어난다는 건 얘기해볼 만하다. 그곳에서는 입주자들이 벨을 누르면 고함지르고 질책한다. 그들을 씻기고 먹이고 의자에 앉히고 눕히기는 하지만 온종일 돌보지는 않는다. 노인들에게서 자유의지를 박탈하는 이런 식의 말투에 대해서도 들은 바 있다. "씻을게요." "먹으러 갈게요." 이런 말에서 주어는 누구일까? 혹은 이렇게도 말한다. "귀여운 사모님은 잘 주무셨을까요?" 혹은 일부 간병인들이 '힘든' 환자들에 대해 저들끼리 말하는 방식도 있다. 월 부담금은 점점 더 터무니없이 높아지는 한편 ―특히 사설 기관들의 경우에는 정말이지 빈축을 살 만한 액수다―대기업들은 이 요양 사업으로 매년 배를 불리고 있고, 광고로 수익성을 자랑하며 투자하라고 부추긴다. 매년, 수익성을 최대한 끌어올리기 위해 각 부서에서 실현한 절약 덕에 해당 대기업들의 수익이 늘어나 이윤은 수억 유로로 추정된다. 위험 부담이 없으면서 수익성 좋은 투자처는 이제 비현실적인 얘기가 아니다. 요양원은 투자자들에게 점점 더 금광이 되고 있고, 앞으로도 그럴 것이다. 요양시설을 정기적으로 방문하는 많은 이들이 그들의 부모를 그 시설에 보내기 위해―대개는 대기 리스트가 있다―모아둔 돈을 몽땅 집어넣었다고 털어놓았다. 그들이 빨리 죽는 행운을 누리지 못할 경우, 자식들은 매월 요양 부담금을 내기 위해 자기 자식들을 위해 마련해둔 자산을 팔 수

밖에 없다. 요양시설의 현재 운영 방식은 투명성 면에서 가족들을 납득시키지 못한다. 가족들이 지원과 간병의 질에 대해 질문을 던지면 시설 운영진은 관료적인 말로 대응한다. 아무리 자기 부모를 위해 최선이라고 생각하는 바를 행한들, 병원이 말해준 대로 또는 자신의 의지대로 부모를 부양한들 우리는—어쨌든 나는—언제나 자기 부모를 집에 모시지 못했다는 데 죄책감을 느낀다. 부모를 유기했으며, 부모가 비록 보호는 받을지라도 부양받는다는 느낌은 받지 못한다는 생각이 내 머릿속에 줄곧 남아 있다. 지독한 슬픔이 나를 옥죄어오니 차라리 삶의 이 내밀한 측면에 대해 침묵하는 게 좋을까? 나 혼자만 이렇게 느낄 리 없다.

그녀의 이름은 미슈카다. 어느 화창한 날 그녀는 자기 아파트에 더는 혼자 있을 수 없다는 걸 깨닫는다. 그래서 자기 같은 사람들을 받아주는 시설에 들어가려고 신청한다. 그녀는 자기 삶의 리듬을, 생활환경을, 제 습관들을 버려야 할 것이다. 그 황당한 생활의 값을 치르기 위해 가진 걸 몽땅 팔았다. 오후 12시 점심 식사, 4시 간식, 6시 30분 저녁 식사. 다행히 친구 마리가 찾아와줬고, 말을 잃지 않도록 애써주는 언어치료사와도 친구가 되었다. 그러나 미슈카의 내면에서 모든 것이 떠나간다. 사방에서 물이 새는 것 같다. 특히 그녀가 요양시설에 들어온 이후로 그렇다. "작은 발걸음, 작은 소비, 작은 간식, 작은 외출, 작은 방문. 축소된 삶, 축소되었지만 완벽하게 통제되는 삶"이라고 델핀 드 비강*은 쓴다. 저자는 누구도 이 부인에게 죽음 말고는 아무것도 기대하지 않는 영토에 들어선 순간부터 자포자기하고, 서서히 소진하고, 사는 기쁨을 잃고, 힘마저 잃어가는 부인의 느린 추락을 그린다. 요양시설의 부담금을 내기 위해 모든 걸 팔아버린 그녀는 점점 더 시간을…… 기다리는 데 보낸다……. 무엇을 기다릴까? 물론 죽음이다. 그녀에게 최선은 자다가 죽는 것일 테다. 『고마운 마음』**에서 비강은 사람이 모든 걸 놓아버리고 포기하는 순간인 임계점을 탁월하게 묘사한다. 그 후로는 그저 지속하는, 계속해서 살아가는 기계적인 행위만 남는다.

어느 일요일 오후 요양시설에서 나의 어머니는 입구의 오렌지색 소파에 앉아, 세 명의 여성 입주자들이 동물 다큐멘터리를 방영한다고 예고된 '애니메이션' 방으로 가는 걸 보고 말한다. "왜 이곳에는 늙은 사람들만 있지? 늙는다는 게 즐거울 리는 없지만 아무리 그래도 이런 대접까지 받을 건 아니잖아." 일주일 뒤, 내가 다시 엄마를 보러 갔을 때 우리는 같은 시간에 같은 소파에서 커피를 마셨다. 똑같은 입주

* 『실화를 바탕으로』로 2015년 르노도상을 수상한 프랑스 소설가(1966~).
** 2019년 발표한 델핀 드 비강의 소설로, 실어증으로 고통받는 팔십대 노인 미슈카가 요양시설에서 여생을 보내는 과정을 그렸다.

자들이 지나가는 걸 보며 엄마가 근심 어린 얼굴로 내게 말했다. "영문을 모르겠어. 난 저 사람들을 초대하지 않았어. 저 사람들은 여기서 뭘 하는 거야?" 나는 엄마에게 방으로 가자고 제안하며, 방에 가야 진짜 엄마의 집이라고 어설프게 덧붙였다. 엄마는 미소 지으며 내게 대답했다. "여긴 아무 데나 내 집이야."

엄마는 나를, 가장 늙은 딸인 나를 어느 강가에서 보고 있을까? 나는 여전히 앞날의 계획을 세우고 있는데, 엄마는 앞으로 완전히 현재에만 빠져 살지는 말라고 말한다. "노화는 머릿속에 매듭을 잔뜩 만들어놓아. 그게 닥치면 너도 보게 될 거다." 엄마는 머릿속에 산다. 엄마의 머릿속에서는 많은 일이 일어난다. 엄마가 용인하는, 나아가 추구하는 유일한 "외부"는 음악이다. 라디오에서 흘러나오는 음악.

빛은 너무 강하고, 열기는 너무 무겁고, 하늘은 저녁 늦도록 너무 파랗다. 엄마는 사물의 윤곽이 흐려지고, 세상의 흐릿한 외부가 자신의 흐릿한 외부와 일치하는 순간을 기다린다. 특히 여름엔 가장 더운 시간에 엄마는 안락의자에 앉아 잠을 자지 않아도 눈을 감는다. 내가 기억하는 한 엄마는 언제나, 황량한 아프리카 해변에서조차 그늘을 찾았다. 오늘도 엄마는 몸을 피신할 어떤 그늘을 찾고 있을까? 엄마는 어디에 있는 걸까? 무얼 생각할까? 나는 차마 묻지 못한다.

❋

언젠가 나도 내 노화에 자포자기할까? 나는 그러길 바라지 않는다. 잔 칼망*의 예는 징징거리지 않고 유머 감각을 유지한다면 늙는 일이 기쁨이고, 강렬한 경험이라는 걸 가르쳐준다. 그녀가 세상을 떠난 날은—122세의 나이였다—꼭 국상처럼 치러졌다. 우리 모두 가슴이 뭉클했다. 잔 칼망은 시간의 화신, 우리가 살지 않은 시간의 화신이었다고, 아니 에르노는 『바깥의 삶La Vie extérieure』에서 말한다. 그런데 나는 잔 칼망의 나이에 죽고 싶은가? 결코 그렇지 않다. 그렇지만 그럴 가능성은 배제하지 말아야 한다. 20년 전 한계 나이가 115세였을 당시 2004년에 사망한 로이 리 월포드 같은 연구자들은 칼로리를 제한한다면 150세 가까이 살 수 있다고 예견했다! 오늘날, 잔 칼망과 노화를 연구한 작업으로 전세계에 알려진 미셸 알라르 같은 장수 전문가들은 덜 낙관적인 태도를 보인다. 몇십 년 전부터 프랑스에서 줄곧 늘어온 기대수명은 정체되거나, 심지어 살짝 후퇴하는 경향을 보이고 있다. 오염 때문일까? 정크 푸드 때문일까? 시니어들에게 더는 제안되지 않

---

* 공식적으로 기록된 세계 최장수 인물(1875~1997).

는 활동들로 인한 부족 때문일까? 장마리 로빈은 다양한 원인이 있을 수 있다고 생각한다. 20년째 어떤 새로운 항생제도 개발되지 않았다. 의학은 막대한 발전을 이루었지만, 사람들이 더 '건강하게' 살았던 40년 전과 같은 생활 규칙을 지키지 않는다면 더 멀리 가지 못하는 것이다. 기대수명의 증가는 고령에서 이루어졌지만, 중요한 건 능력 상실이 없는 건강한 상태의 기대수명이다. 늙기 위해 늙는다? 나이 전문가들은 그걸 바라지 않는다. 우리는 여전히 키케로의 생각에 동조한다. 그에 따르면 "자기 보물을 어디에 감췄는지 잊지 않는 노인은 없다." 늙는 건 받아들여도 모든 대가를 치르며 늙어가고 싶지는 않다. 어쨌든 2070년에는 프랑스의 100세 인구가 27만 명에 달할 것이고, 오늘날 태어나는 여자아이는 100세까지 살 확률이 높다. 이 현실이 산다는 것의 의미를, 나아가 정의를 바꿀까?

✸

"노화는 내적 변화를 겪게 하는데, 그 변화를 겪고도 당신은 여전히 당신으로 남는다. 연골조직이 혼탁해져도 격막 이쪽과 저쪽이 동일하듯이. 어쨌든 같은 존재로 남는다."
—피에르 파셰.

우리는 종종 가정에서 노인들에 대해 말하는 걸 듣는다.
이젠 같은 사람이 아니야. 누구와 같지 않다는 걸까? 예전과
같지 않다? 마치 우리는 현재 속에 영광스러운 과거의 이미
지를 투영함으로써 안도하려는 듯 보인다. 시간이 눈처럼 소
리 없이 우리 위로 내려 감지하기 힘들 만큼 우리를 바꿔놓
지 않도록.

예전에 중국에서는 아이들을 조부모 곁에서 재웠다. 그래
야 조부모들이 더 오래 산다고 생각한 것이다. 요즘 사람들
은 어린아이를 노인의 침대에 재우는 걸 혐오스럽게 여길 것
이다.

스페인어로는 은퇴자라는 말을 쓰지 않고, 후빌라도스jubi-
lados, 즉 삶의 환희에 들어선 사람이라고 한다.

여가 활동에서도 노인과 비-노인 사이의 차별은 눈에 띈

다. 노인들의 바캉스는 비-노인들의 바캉스 이후에 이루어
진다. 인터넷 카탈로그에서는 4월과 5월, 9월과 10월을 특별
히 광고한다. 그들은 말한다. 기온도 비용도, 모든 게 훨씬 달
콤합니다. 아직 생산성 있는 비-노인들에게는 그들이 선택
하는 시간과 공간이 제공되고, 찌꺼기 같은 노인들에게는 남
는 것, 어쨌든 수지 타산이 맞는 것이 돌아간다. 극도로 사회
화된, 거의 의례화된 의식의 보호 가면 아래, 오늘날에는 인
생 제3기니 제4기니 혹은 시니어를 위한 특별 기간 같은 말
로 어떻게든 노인들을 감추고, 뒤섞지 않으려는, 따라서 또다
시 차별하는 것이다. 노인들에게는 왜 항상 비수기를 제안하
는가?

꽃

노인차별주의라는 말은 1969년 사전에 등재되었다. 그것
은 인종차별주의처럼 나이라는 유일한 준거에 토대를 둔 차
별과 배척 현상을 가리키며, 오직 나이를 기준으로 개인들에
게 사회적 역할을 할당하는 개념으로 규정된다. 그것은 우리
의 사고방식에 줄곧 스며들어 변화하고 보편화되어 우리 사
회의 작동을 정면으로 공격한다. 로버트 버틀러*는 1978년

---

* 퓰리처상을 수상한 미국의 노인의학 전문의(1927~2010).

에 그것을 "시니어들에 대한 제도화된 편견, 고정관념, 배척이나 거리 두기로 드러나는 뿌리 깊은 사회, 심리적 장애"로 규정했다. 규격화되고, 방부처리되고, 보편화된 노인학 센터들이 늘어나도 차별 현상은 조금도 바뀌지 않았다. 오히려 이 현상은 점점 더 '노인들'에게서 책임을 박탈하고, 그들이 '부양'받도록 내몬다. 노인들은, 부양이 필요하건 필요치 않건, 권리 없는 미성년자로, 그리고 대개 막대한 수익의 수단으로 취급된다.

*

우리 베이비부머들은 고분고분한 파피부머Pappy Boomer가 되길 받아들일 텐가? 노화의 위험이나 의존성의 위험이 존재하지 않아서 의료보험이 적용되지 않는 실망스러운 연금으로 최대한 수익을 올려줄 원천이 되는 파피부머 말이다. 현실에 대한 몰이해를 토대 삼아—사실, 노인의 84퍼센트가 집에서 살며 행복하다고 생각한다—노인들이 접하는 어려움만 부각해 노인들을 모두 쇠약하고, 노망했으며, 아무짝에도 쓸모없는 존재로 보는 생각을 강화하는 이 부정적인 비전, 오늘날 경제성의 측정 도구처럼 사용되는 의존성 개념에 토대를 둔 이 부정적인 비전을 거부할 시간이 아직 있다. 왜 차라리 자율성의 보전을 강조하고, 동행 서비스라는 새로운 직업의 수련 과정을 개발하지 않을까? 스위스나 스웨덴 또는 네덜란드에 존재하는 것처럼, 같은 지역을 중심으로 조직되는 인간적인 차원의 소규모 생활 구조를 상상하지 못할까? 차별 정책을 계속 이어가는 대신 왜 서로 다른 연령층을 섞지 못할까? 유럽의 다른 나라들에는 요양원과 보육원이 붙어 있는 경우가 많은데, 유감스럽게도 우리나라에서는 아직 찾아보기 어렵다. 이런 공존은 탁월한 결과를 낳는다. 통제력 상실을 존엄의 상실로 평가하지 않고, 취약성을 쇠퇴로 여기지 않을 성찰의 길은 많다.

우리에겐 더 이상 자연스럽게 늙는 것이 허용되지 않는다. 더는 늙지 말라는 명령은 신문과 광고, 텔레비전에서 앞다투어 반복되는 슬로건이 되었다. 그래서 늙어도 좋은데, 늙어 보이지는 말아야 한다.

유한성에 대한 두려움은 우리가 자기 자신의 노화를, 그리고 타인들의 노화를 대면하지 못하게 하는 주된 이유 가운데 하나다. 예전에 남성 인구는 '연령대'로 구분되었다. 전쟁 때는 전선으로 떠날 '적령기'의 사람들과 너무 늙어서 남아야 할 사람들이 있었다. 오늘날엔 나이라는 말 자체가 하나의 지위나 직무보다는 사회적 외관을 가리키는 잡동사니 말이 되었다. 대체 그 여자는 몇 살이지? 생각해보세요, 그 사람은 이제 그럴 나이가 아니잖아요……. 그 여자는 제 나이로 안 보여요. 대체 뭘 한 걸까요……. 한 가지만 보태고 나열은 여기서 그치겠다. 아, 그 나이에 그만하면 나쁘지 않죠…….

아직도 수영하세요? 나이 지긋한 신사가 나이 지긋한 부인에게 묻는다. 두 사람 다 공원의 체스 구역 그늘에 앉아 있다. 부인이 설명한다. 전에는 여름이 끝날 때쯤 키프로스 섬으로 가서 수평선을 향해 몇 시간이고 헤엄을 쳤는데, 지금은 용기가 나면 친구들과 수중 에어로빅을 해요. 그러니까 지금도 수영을 하시는 거네요. 수중 에어로빅이 뭔지 알지도 못하고 알고 싶지도 않은 남자가 대답한다. 그러시니 절대 늙지 않으시겠어요. 부인의 얼굴이 빨개진다.

✻

"내 말년이 흥미로워요. 나는 거울 속 내 모습을 볼 때 빼고는 늙었다고 느끼지 않아요"라고 에릭 클랩튼은 말했다. 〈이코노미스트〉지의 연구에 따르면 70세가 우리가 가장 행복하다고 느낄 나이라는 걸 그는 아는 걸까?

＊

최근에 생긴 묘지들도 도심 밖에 위치하고, 새로 생긴 노인 요양시설들도 대부분 도심에서 멀리 떨어진 것이 우연일까?

＊

우리는 일정한 나이부터 혹은 확실히 나이가 들고부터는 동일한 권리를 누리지 못하는 걸까? 나이가 들면 우리에게 어떤 일이 닥칠지 우리가 정말 알까? 보부아르는『분별의 나이L'âge de discrétion』에서 오랫동안 자신이 공공장소에서 70세 이상의 사람들을 어떻게 노인으로 보고 거의 관심을 기울이지 않았는지 이야기한다. 이제 일흔 살이 된 그녀는 이렇게 쓴다. "이제 내가 그 나이가 되자 나는 나를 아직 '진짜 노인'의 범주로 간주하지 않는다." 자만일까? 오만? 착각? 아니 에르노도 어머니의 죽음 후에 비슷한 느낌을 받는다. 브누아트 그루는『별표 버튼La Touche étoile』에서 어떻게 가끔 일시적으로 "늙은 피부"가 된 느낌을 경험했고, 언젠가는 내내 늙기를 받아들여야 했는지 짓궂게 이야기한다.

왜 부자들은 더 나이 들어서 죽을까? 루이 14세는 일흔여섯에 죽었는데, 당시 평균수명은 스물다섯이었다. 왜 교황들은 상당한 나이에 선출되고 아주 나이 들어서 죽을까? 공의회 후에 고위 성직자 열두 명 가운데 셋은 60세에 선출되었고, 둘은 64세에, 넷은 70세에, 한 명은 77세에 선출되었다. 유럽에서는 18세기에 기대수명이 늘어나기 시작했고, 정년제가 생겼고, 가난하고 분별력 없고, 두려움과 미움의 대상이던 노인의 표상이 달라지고 부드러워졌다. 새 정년제에 반대하는 이들은 1789년 혁명가들의 후손들로, 인권에 근거해서, 계승의 보증인이자 어린이 교육의 책임자, 공공윤리의 판관인 고령 노인들을 보호하고 돌볼 책임이 국가에 있다고 생각했다. 노인들의 지혜가 국가의 힘이 되었다.

노인들에게는 왜 시민의 역할을 부여하지 않을까? 그들이 책임도 인식도 없는 무명의 인간이 되도록 내버려두지 말고, 그들이 하는 일을 숨기지 말고 드러내어—일 년 중 하루라도—그들이 하는 일과 그들의 존재를 활용하는 게 어떨까.

젊어서도 우리는 이미 늙었다. 이 책은 젊은 사람들, 모든 미래의 노인들을 위한 것이기도 하다. 대개 미처 깨닫지 못한 채 훗날 자신들의 모습에 이미 자리를 만들어둔, 모든 미래의 노인들 말이다.

흔히들 늙으면 어린아이가 된다고 말한다. 마치 삶의 순환 주기가 거꾸로 작동하기라도 하는 듯이. 이 잘못된 생각으로 우리는 케케묵은 두려움을 가라앉히고, 노인도 한때는 젊었으며, 내면에 젊음의 광채와 힘을 여전히 간직하고 있다는 걸, 반면에 어린아이는 정의상 노화의 의미를 지니지 못한다는 걸 알려고 들지 않는다. 우리는 노인들의 힘은 쇠퇴하며, 어떤 면에서 그들 내면에 단념에 대한 동의가, 육체적·정신적 승인이 있을 거라고 상상하는 경향이 있다. 그건 우리가 노인들을 옆으로 젖혀두면서 죄책감을 덜 느끼려는 방식이다. 그리고 노화를 불치병으로 생각하기 때문이기도 하다. 노년에 도덕적 비난이 쏟아지는 주된 이유 중 하나는 우리가 새로운 것, 다시 새로운 것, 언제나 새로운 것, 영원히 갱신 가능한 것에 바치는 숭배 때문이다. 예정된 낙후가 지배하는 우리의 세상은 변화를 소비사회의 DNA로 삼는다. 그 때문에 우리는 노화를 부동성으로, 고정과 불변으로, 이미 유통 기한이 지나서 곧 우리의 지평에서 사라질 것으로 생각한다. 20세기 후반부터 작동해온 계승의 상실이라는 개념은 노년층이 무용하다는 인식을 키웠다. 예전에는 노인이 떠나면 그와 더불어 문화적·민속적 유산이, 삶의 지혜가, 때로는 장수와 연관된 비결들까지도 사라졌다. 이제 우리는 노인들에게서 그들의 속성을 박탈하고, 그들의 말에 귀 기울이지 않는다. 그만큼 노인들이 우리에게 해줄 말이 더는 아무것도 없다고 생각하는 것이다. 나는 나의 손주들에게 무얼 전수할까? 아직은 강력하고 생생하게 존재하는 이 끈이 계속 이어질까?

사회는 더 이상 휴식을 취하지 않는다. 사회는 어떤 값을 치르더라도 제 연속성을 유지하는 데 몰두해서, 평온을 흩뜨리는 사람들을 점점 더 받아들이지 못한다. 죽음도 나날이 더 빨라진다. 애도도, 영구차도, 장례 행렬도, 상복도 없어지고, 화장도 최소한으로 축소되고, 장례식 이후의 대화 시간도 없어지고, 추억의 정원으로 향하는 급행열차만 있다.

❋

"서양 문명이 가장 최근에 발견한 것들 가운데 하나는 죽지 않는 편이 낫다는 것이다."
— 마누엘 빌라스, 『오르데사Ordesa』.

❋

어린 시절 나는 나이 많은 사람들의 뽀뽀를 받지 않으려고 교묘한 술책을 짜내곤 했다. 이유는 모른 채 나는 그게 무서웠다. 나만 그런 게 아니었으리라고 생각한다. 외할아버지의 죽음이 기억난다. 내 세대의 많은 이들에게 그랬을 테지만 할아버지의 죽음은 내가 겪은 첫 죽음이었다. 내 기억력이 아직 망가지지 않았다면, 그 시절에 나는 노화와 죽음을 연결 짓지 않았다. 할아버지가 너무 오래 사셔서 돌아가셨는데도 말이다. 자연사였다. 할아버지의 주변에 어떤 슬픔이 감돌았다. 할아버지가 살아온 삶에 경의를 표하되 비애도 비극도 없는 그런 슬픔이었다. 장례식 때 나도 다른 아이들처럼 보라색 옷을 입었던 것이 기억난다. 할머니는 검은 베일로 몇 주 동안 얼굴을 가렸고, 한여름인데도 검고 두꺼운 스타킹을 신고 지냈다. 삼촌들은 상의에 특별한 징표를 달고 있었다. 사람들은 "그들이 애도를 표하고" 있다고 말했다. 오늘날엔 죽음이 도시를 떠나버린 것처럼 보인다. 화장을 끝내고 가족들이 위패를 요청하는 경우가 점점 줄어들고 있다. 이제는 아무 흔적도 남지 않는다. 점점 더 황량해져가는 공단 근처에 자리한 묘지를 방문할 가능성도 없다. 자발적 망각일까? 아니면 계획된 삭제일까? 필립 아리에스는 『죽음 앞의 인간』 말미에 1960년대 초에 죽음과 관계된 문화가 달라졌으며, 자신이 대단히 중요한 이 변화를 지켜본 증인이라고 주장한다. 우리 가운데 가족이나 친구가 죽었을 때 그런 경험을 하지 않은 사람이 누가 있겠나? 우리 가운데 누가 몇

주가 지난 뒤 울보나 우울증 환자로 취급받을까 두려워 자기 고통을 감히 털어놓았겠나? 우리가 죽음을 겪으면서 슬픔을 덜 느낄수록—우리에게 요구되듯이—우리는 우리 선배들에게 공감을 덜 느낀다. 마치 몇십 년 전부터 작동되어온 감정의 황폐화가 우리 감정에 결정적인 타격을 입힌 것 같다. 허용되는 감정의 문턱은 더없이 낮다. 고통의 공감이라는 생각은 거의 받아들여지지 않는다. 저마다 제 슬픔이 있다. 그걸 감추는 건 가장 높은 수준의 정신적 단련이다. 가장 앞줄에 선 사람들—혼자가 된 남녀들—은 잘 버텨야만 한다. 자기 고통으로 주변 사람을 거북하게 만들지 말아야 한다. 차라리 빨리 사라지는 편이 낫다. 게다가 그것은 통계가 보여주는 사실이기도 하다. 배우자의 사망에 이어지는 첫 두 해 동안 사망률은 열 배나 높다.

조앤 디디온은 남편의 죽음과 딸의 질병 이후에 쓴 책인 『마법 같은 생각의 해The Year of Magical Thinking』에서 한 가지 질문을 던진다. 내가 한 번도 생각해보지 못한 그 질문은 그 후 나를 떠나지 않고 있다.

"죽은 자들이 반드시 돌아와야만 한다면, 어떤 지혜를 가지고 돌아올까? 우리가 그들을 마주할 수 있을까? 그들의 죽음을 허용한 우리가?"

죽는 건 어떤 미숙함일까? 죽음은 실패한 사업이다. 선량한 고인이 되려면 입이 무거워야 하고, 아무도 방해하지 않고 매우 신중하게 떠나야 한다. 이를테면 자다가 죽어야 한다. 옛날에는 그것이 가장 두려운 방식이었는데, 오늘날엔 '가장 행복한 죽음'이다. 보부아르는 『아주 편안한 죽음』에서 자기 어머니의 마지막을 평온한 작별 인사의 말로 환기한다. 어머니의 죽음이 편안한 건 두 딸이 어머니의 임종을 지켰기 때문이고, 더는 희망할 게 아무것도 없기 때문이고, 두 딸의 다정한 배려가 고통을 누그러뜨려주었기 때문이다. 그러나 보부아르는 덧붙인다. "어머니는 아주 편안하게 돌아가셨다. 특혜받은 사람의 죽음이다." 이것이 이 텍스트의 마지막 문장이다. 사실적인 만큼 잔인한 문장이다. 50년이 지난 오늘날, 우리가 속한 사회계층은 삶의 마지막 주기가 어떻게 펼쳐질지 미리 말해준다. 죽음 앞에 우리는 모두 평등하다고들 말하는데, 그건 점점 더 사실이 못 된다.

"나는 더 이상 죽음을 원치 않기 시작한 세상에 태어났다" 하고 크리스티앙 보뱅은 말한다. 그렇지만 우리는 모두 죽어야 한다는 사실을 안다. 그리고 우리 가운데 가장 운이 좋은 사람들은 죽기 전까지 건강하게 늙을 것이다. 20세기의 큰 진척은 노화와 건강이 함께 갈 수 있다는 점이다. 그렇지만 무한히 늙을 수는 없다. 노화는 덤으로 얻는 삶이고, 아직 마르지 않은 저수지이고, 삶을 찬미하고 확대하는 방식이다. 블라디미르 장켈레비치의 말에 따르면, 우리 각자의 삶에는 일종의 눈금 매겨진 경로가 있다. 만사의 흐름을 앞당기지도 않고 늦추지도 않고 잘 활용하는 건 우리의 몫이다. 노년에 이르면 제 리듬을 선택할 줄 알아야 하고, 이미 많이 살았고 추억을 많이 저장해서 우리 하드디스크의 저장용량이 무한하지 않음을 고려할 줄도 알아야 한다. 따라서 이 세상을 떠날 생각을 해야 할 것이다. 공연히 법석 떨 것 없다. 어떻게든 셈은 제대로 이루어질 테고, 삶의 피로가 우리 안에서 신호를 보낼 것이다. 더는 죽고 싶지 않을 정도로 살고 싶은 욕구가 일지는 않을 것이다. "불멸이란 100세를 사는 것도, 150세를 사는 것도, 그 이상을 사는 것도 아니고, 죽지 않는 것인데, 그건 생각조차 할 수 없는 부조리한 일이다"라고 장켈레비치는 『죽음을 생각하라?Penser la mort?』*에서 말했다. 오늘날 캘리포니아의 '블러드 딜러들blood dealers'은 당신이 100세까지 산다고 보장하며 수십만 달러를 받고 당신의 피를 갈아준다. 지구를 망가뜨리고 난 오늘날, 우리 가운데 최고 부자들은 냉동 보존의 제안을 받아들이며 공간을 포화상태로 만들 생각인가? 그래서 반짝반짝 냉동된 우리의 시신들은 지구를 맴돌다가 눈 깜짝할 새 우리 증손자들의 감탄을 듣게 될까? 우리는

---

* 우리나라에는 『죽음에 대하여』(2016, 돌베개)라는 제목으로 번역 출간되었다.

죽음을 마음대로 쥐락펴락하는 걸 생각할 수 있는 시대에 속할까? 죽음에 죽음을! 트랜스휴머니스트들만 우리의 피부 조직을 재생해 우리에게 영원한 삶을 약속하는 건 아니다. 의사들, G. J. 서스먼 같은 미국의 대학교수들은 우리가 죽을 수밖에 없는 마지막 세대에 속한다고 주장한다. 그렇지만 죽음은 우리의 삶을 정의한다. 왜 죽음을 단지 늦추려 하지 않고 소멸하려 할까? 물론 꼭 죽을 필요야 없겠지만, 삶이 본질적으로 무한해진다면 어떤 의미, 어떤 맛을 띠게 될까? 죽음이 우리를 살게 하는 걸까? 이 질문에 장켈레비치는 단도직입적으로 대답한다. "죽는다는 건 실존의 조건 자체다. 나는 죽음이 삶에서 의미를 박탈함으로써 삶에 의미를 부여한다고 말한 모든 사람의 생각에 동조한다. 죽음은 삶에 의미를 부여하는 비-의미다." 그렇다면 왜 우리는 여분의 신체를 만들고 한계를 밀어내는 기술과학의 업적을 그토록 높이 살까? 언젠가 우리는 용해되지 않는 전자 몸을 갖게 될까? 무성생식으로 자가복제하고, 스스로 잠재적인 불멸의 존재로 규정하게 될까? 일부 사람들을 꿈꾸게 하는 이 새로운 노년은 일종의 영원한 젊음처럼 제시된다. 그것은 몸과 영혼의 피로를 고려하지 않고, 노인차별을 확대하는 데 기여한다. 이 연구를 진행하는 동안 얼마나 많은 사람이 내게 말했던가? 그들이 '충분한 시간을 살았으며' 죽기를 갈망한다고, '죽음 직전'의 이 시간이 '진짜 삶'의 시간이 아니겠냐고. 왜 의학은 우리에게 무슨 수를 써서라도 죽지 않기를 바라도록 가르칠까? 물론, 죽음을 멀리 물리치는 것이 의학의 의무이긴 하지만, 그러면서 의학은 죽음이 자연스러운 현상이 아니고, 본질적으로 삶의 끝이 아니라는 생각을 퍼뜨린다.

✼

"죽음 또는 노쇠를 통한 소멸이 더는 운명으로 여겨지지 않고 당신을 해치려는 질병처럼 생각된다면—내 경우처럼—무언가를 시도할 마음마저 잃을 수 있다. 이를테면 아직 우리에게 남은 얼마 되지 않는 시간을, 어떤 시도를 실행하는 데 필요한 시간이 부족할 수 있다는 생각을 할 수 없었던 시대들의 시간과 비교해볼 때, 목이 졸린 이 시간을 헤아리게 되면 모든 충동이 싹둑 잘린다."
　　—미셸 레리스, 『미약한 소리Frêle bruit』.

✼

소포클레스의 〈오이디푸스왕〉의 결말을 떠올려보자. 코러스가 백성들에게 말한다. "그러니 마지막 날을 기다리고 제 삶의 끝을 지나 아무 고통도 느끼지 않게 될 때까지는 어떤 인간도 행복하다고 말하지 말아야 한다." 우리가 행복한 삶을 살았다고 생각하는 건 한낱 착각일 뿐이다. 이 마지막 경계에 이르면 모든 것이 재해석될 터이기 때문이다. 따라서 먼저 이 갑문을 넘어서고 건너야 한다. 그 궁극의 경계를 넘어선다는 건 무엇인가? 한 삶의 끝을 넘어선다는 건 무슨 의미일까? 우리의 유한성은 그 중심에 죽음이라는 생각을 품고 있다. 그런 이유로 우리는 모든 인간이—100세까지 포함해서—죽을 나이가 되기 전에 죽고, 일찍 사라진다고 말하고 생각한다. 세네카는 죽음의 절대적 임박을, 모든 순간에 임박해 있는 이 죽음을 묘사한다. 그는 미루는 건 소용없는 일이라고 생각한다. “우리는 일평생 지속적인 꾸민 태도로 가면을 쓰고 산다. 나이가 들면서 이따금 도달하게 되는 단순함의 경지는 우리가 아주 힘들게 획득해야 할 야만적 쇄신이다.” 삶이 예전처럼 이어진다고 여기고 노년을 마음껏 사는 건 인간 조건을 어기는 일일까? 소수만이 도달할 수 있는 나이에 자신의 ‘진짜’ 삶을 시작하는 건 허영의 절망적 신호다. 우리에게 무슨 할 일이 남아 있겠는가? 그저 마지막 경계를 넘어설 준비를 하는 것 말고는. 그 경계를 뭐라고 불러야 할까? 언어 자체에도 모호성이 남아 있다. 영어로는 ‘to die’와 ‘to pass away’가 있다. 프랑스어로는 “사라지다disparaît”가 상용되는 표현이다. 나탈리 사로트의 어머니는 딸이 어렸을 적부터 누군가 “사라진다”고 말해선 안 된다고 거듭 말했다. 사람은 죽는다. 그뿐이다. 그 말이 옳았다. 얼마나 많은 어린아이가 '사라진' 가족 친지들을 오랫동안 찾았겠나?

*

동물은 죽음이 가까우면 서로 결속한다. 우리는 아니다. 왜일까? 1964년 케냐의 야생보호구역에서 경비원 윈터는 서른 마리 코끼리 무리 가운데 세 마리를 죽여야 할 임무를 맡았다. 그는 처음 총을 몇 발 쏜 뒤 펼쳐진 지옥 같은 광경을 묘사했다. "코끼리들이 갑자기 동요하더니 사방팔방으로 육중한 몸을 돌리고 끔찍한 울음소리를 냈다. 그러더니 죽은 동료들을 일으키려고 시도했다." 코끼리들은 상아까지 부러뜨려가며 죽은 동료들을 일으키려고 거듭 시도했다. 그러다 코끼리들은 멀어지는가 싶더니 다시 돌아와 또 죽은 동료들을 일으키려 했다. 헛된 시도는 세 차례나 계속되었다. 얼마 후 무리의 '우두머리'가 마치 죽은 친구들에게 '인사'라도 하듯 몸을 일으키더니 나머지 무리와 함께 숲속으로 달려갔다. 코끼리들은 자기 죽음이 다가오는 걸 느낄까? 가장 나이 많은 코끼리들은 무리에서 떨어져 먼저 간 연장자들이 죽기 위해 찾아간 곳으로 간다. 우리는 돌고래들이 친구의 죽음을 겪고 난 뒤 밥 먹기를 거부하는 걸, 기러기들이 비명을 내지르고 방향감각을 잃고 더는 날지 못하는 걸 보았다. 숲속의 암컷 침팬지들이 새끼가 죽고 난 뒤에 관찰되었다. 어미 침팬지들은 죽은 새끼들을 안고 몇 주 동안 내려놓지 않았다. 데리다는 말했다. 그렇다. 동물들도 죽으며, 동물들도 죽음과 애도와 대단히 의미심장한 관계를 맺고 있다. 비록 그들이 그 의미를 이해하지는 못할지라도.

❋

우리가 예전에 고령이라고 불렀던 연령층이 존재한다―고령은 점점 더 늘어날 것이다. 오늘날은 100세 인구가 많이 늘어서 인생 제4기니, 심지어 인생 제5기라는 말까지 쓰고 있다.

노인병 관련 최근 연구는―2018년 6월 〈사이언스〉지에 실린―150세부터는 덜 늙고, 앞에서 이미 언급한 100세보다 150세가 되면 죽을 위험도 줄어든다는 사실을 확인해준다. 미국과 이탈리아 연구자들로 구성된 한 연구팀은 이탈리아에서 실시한 연구 결과로 '인간 사망률의 고원지대'라고 부르는 지점이 있다고 말한다. 기대수명은 상당한 나이부터 더는 낮아지지 않고 안정된다. 일종의 창구가 있어 그걸 넘어서면 나이로 인한 손상을 더는 느끼지 못하게 되는 걸까? 이 주장은 최고령층 연구자들에 의해 반박되었는데, 일본과 프랑스의 고령층 전문가인 장마리 로빈은 이런 유형의 현상은 관찰되지 않지만, 108세부터 2년 동안은 사망률이 낮아진다고 말한다……. 2년 동안. 마치 긴 삶, 매우 긴 삶에는 열 배로

커진 생존본능이 따르는 듯하다.

✱

그렇지만 최고의 터부는, 좋게는 유년기로의 복귀로 체험
되고, 나쁘게는 생각도 할 수 없는 일로 체험되는, 이 '나이
밖의 나이'다. 폴 리쾨르는 고령이 죽음보다 더 두렵다고 서
슴지 않고 말한다.

우리는 고령이라는 인류의 캐리커처와 함께할 때보다는 죽
어야 한다는 당위와 함께할 때 더 쉽게 우애의 의무에 도달할
수 있다. 그러자면 어린아이처럼 전적으로 의존적이기를 받아
들이고, 식물 같은 삶까지 생명의 순환을 완전히 되풀이하기
를 받아들이는 높은 수준의 지혜가 요구된다. 이걸 받아들이
는 일이 내게는 생각의 부담이자, 거의 견디기 힘든 감정의 부
담이다. 어쩌면 그건 축복인지도 모른다. 우리가 무엇을 사는
지 알지 못하니 말이다. 나는 플라톤의 이 유명한 말이 친근
하게 느껴지지 않는다. "삶은 죽음에 대한 명상이다……." 삶
은 삶에 대한 명상이다. 하루하루 살아야 하고, 내일 떠나야
할 것처럼 살아야 할 뿐 아니라 앞으로 시간이 충분한 것처럼
살아야 한다. 우리는 모두 불확실한 내일을 가졌지만, 바로 그
내일에 기댈 수 있다. 내일도 태양은 떠오를 테고, 그걸 보기

208

위해 내 눈이 뜨일 거라고 희망한다.

1985년에 기록된 이 말은 우리가 소위 고령에 도달할 수 있으리라고 생각하지 못하던 시대에 나온 것이다. 오늘날엔 프랑스 인구의 4분의 1 이상이 100세까지 살 수 있다고 생각한다. 지나친 낙관주의일까? 그렇다. 100세 인구의 수가 10년 사이에 두 배가 되었으니, 2060년에는 20만 명이 100세에 도달한다 해도 겨우 우리 인구의 0.3퍼센트에 불과하기 때문이다. 우리는 우리의 세기가 처음으로 100세의 세기가 되는 문명의 변화를 경험하고 있다. 이 많은 노인을 그저 의존적인 노년이나 의료시설의 범주에 가두는 건 있을 수 없는 일이다. 개중 일부는—이 모든 정정한 노인을 가리키기 위해 기백for-titude이라는 말을 고안해낸 미셸 알라르가 잘 설명하듯이 생명의 연장이 건강과 함께 갈 수 있기 때문에—스스로 늙는다고는 느낄지라도 늙었다고 느끼지는 않는다. "나는 늙은이가 되고 싶지 않을 거야." 마르그리트는 100세에 요양시설 복도에서 내게 말했다. "이곳엔 아주 늙은 사람이 많지만 나는 다른 사람들 같지 않아"라고 장은 간식 시간에 식당에서 한술 더 떠서 말했다. 우리는 늙을수록 늙는 데 놀란다. 어떻게 해야 좋은 노년을 보낼까? 프레데릭 발라르가 버려낸 이 표현은 점점 늘어나고 있고, 사는 걸, 잘 사는 걸 행복해하는 90세와 100세 노인들을 생각한 것이다. 아무리 말해도 충분치 않다. 노화와 행복은 함께 가지만 그걸 온 세상 사람에게 외치는 건 부적절하다. 매우 나이 많은 사람들이 사는 게 만족스럽다고 말한다면 그건 그들이 노인 범주의 타인들과 뒤섞이지 않고, 오히려 구별되기 때문이다. 바로 '노인' 같지 않기 때문이다. 그들은 나이는 매우 많지만 늙지 않았다고 자각하고, 흘러가는 시간에 맞서 자신들이 승리했다고 본다. 그렇다면 노년에도 여러 층이 있다고 말해야 할까? '좋은 노년'과 '나쁜 노년'의 경계는 어디에 있을까?

사라져가는 기억, 시간에 맞춘 일상, 흐릿해지는 삶, 이런 것들이 고령의 특징이다. 나는 나의 어머니가 몇 달 사이 오늘 날짜를 알지 못하는 모습을 보았다. 처음에 엄마는 그런 자신을 자책했고, 기억하려고 애썼다. 그러다가 상당히 얌전하게 더는 애쓰지 않았다. 엄마는 해를 보고, 빛에 따라 자동으로 내려가는 블라인드를 보고 몇 시인지 짐작한다. 엄마는 아주 어린 시절은 기억하지만, 방금 내게 던진 질문은 기억하지 못한다. 나는 점차 엄마의 새로운 '기억력'의 미로 속에 들어서는 법을 터득했다. 게다가 내 기억력이라고 엄마의 기억력보다 '나을'까? 기억력이—우리가 아직 '작동하는' 기억을 가졌다는 사실이—우리의 유일한 신분증일까? 나이 많은 사람들에 대해 얘기할 때 사람들은 흔히 이렇게 묻는다. 아직 정신이 있으세요? 단지 우리가 한 행동이 우리일까? 우리가 했다고 기억하는 것이 우리일까? 우리가 누구였는지 잊고, 자신의 삶이 어떻게 짜였는지 잊으면 우리는 무엇이 되는 걸까? 정신의 느린 추락—단기기억의 상실, 연상의 무질서—은 인격을 허구로 재구성하지 않던가. 때로는 우리와 멀고, 반짝 찾아오는 진실의 순간에만 아주 가까워지는 인격을. 늙는다는 건, 반드시 자기 자신을 규정하는 게, 자신을 규정할 줄 아는 게 아니다. 언어가 자유로울 수 있는 그 회색지대, 정신이 유랑하는 그 지대에 인격은 완전히, 온전히 자리하고 있고, 세상에 속하며, 전적으로 주체인데, 의학 사회는 그것을 서서히, 냉혹하게 책임 없는 어린아이의 수준으로 축소해 인격으로 남을 권리를 박탈한다.

알츠하이머 질병에 대해서는 참으로 많은 말들이 있었다. 다행히 몇 년 전부터는 담론이 달라졌다. 알츠하이머는 위협적인 재앙에서 질환, 대개 노화로 인해 프랑스에서는 150만의 노년층이 앓는 질환이 되었다. 대개는 노인요양시설에 폐쇄병동을 만들고 그곳에 동일한 징후를 보이지 않는 사람들을 함께 둠으로써 그들이 자기 행동을 스스로 제어할 능력을 박탈해버린다. 그들에게 마땅히 보여야 할 존중, 즉 그들 삶의 최근 일화들에 대한 기억, 우발적인 언어, 자율성이 지켜지는 영역, 그리고 장애에 대한 인식은 이 질병을 새로운 시각으로 바라보게 해준다. 이 질병은 점점 더 빨리 감지되어 점차 덜 '수치스러운' 것이 되고 있다. 치료가 환자의 증가 곡선을 미처 못 따라가고 있긴 하지만. 공공 담론과 연장자들의 공동체 속으로 알츠하이머를 '앓는' 사람들을 복귀시키는 일은 노화와 무관한 연령층, 말하자면 나이 든 사람을 모두 노망들었다고 생각하는 연령층에 노화가 불러일으키는 두려움을 낮추는 데 꼭 필요하다. 그런데도 공공 권력은 점점 수가 늘어나고 있는 이 인구에 도움을 주기 위해 여전히 나이의 준거를 차별 적용함으로써 부적절하게 처신하고 있다. 인구통계학자들은 이 연령층을 영 올드(65~74세), 올드 올드(75~84세), 디 올디스트 올드(85세 이상)로 나눠서 이름 붙이고 있다. 덴마크에서는 몇 년 전부터 예산 압박 때문에 병원들이 고령층을 거부하는 경향을 보인다. 혈전이나 혈관 질환을 앓고 있는 70세 이상의 노년층은 젊은 사람들에게만 한정된 치료의 혜택을 누릴 수가 없다. '수치羞恥의 분류'라고 이름 붙여진 연령차별은 많은 반발을 불러일으켰다. 그런데도 이 차별은 조금 은밀해졌을지언정 여전히 계속되고 있고, 노년을 '잉여'로, '과잉'으로, 무익과 무용의 집합으로 여기는 일반적인 생각과 만난다. 늙는다는 건 이전에 하던 것을 더는 할 수 없는 상태로 내몰리는 것이며, 존재 방식과 관심사를 개편하도록 내모는 일련의 포기를 의미한다. 프랑수아 모리아크는 우리가 먹는 배처럼 늙어간다고 말했다. 군데군데 물렁해지고, 군데군데 딱딱해진다는 것이다. 그의 말은 틀리지 않았다. 유명한 인용문들을 잔뜩 모아 노화에 관해 대단히 어두운 책을 쓰기란 아주 쉬울 것이다. 이를테면 드골 장군이 한 말인 "노화라는 이 난파"나, 프로이트의 말 "노화의 공포" 같은 인용 말이다. 프로이트는 그 공포 앞에서 깜짝 놀라 뒷걸음질쳤지만 여든 넘어서 턱암에 걸려 끔찍이 고통받으며 친구에게 이렇게 썼다. "내 나이에 사는 일은 쉽지 않지만 봄은 아름답고, 사랑도 그렇네." 반면에, 사회적 압박에서 벗어난 나이는 더는 끊임없이 자신의 가치에 대해, 자기 삶을 어떻게 할지에 대해 번민하지 않게 한다. 모든 것이 던져졌다. 경기는 끝났다. 나는 많은 것을 했고, 계속 살고 싶지만 어떤 값을 치르고라도 그러고 싶은 건 아니다. 이런 태도는 일종의 삶의 연대감을 낳는다. 당신이 내게 내 나이를 묻는다면 나는 나이가 없다고 대답하겠다.

✻

나이 든 사람들은 자연스레 자기 자신으로부터 멀어질까? 아마 내밀한 균열이 있을 것이다. 우리의 부모는 우리의 기억 속 모습과 같지 않다. 가차 없이 좁혀오는 지리적, 정신적 영토에서 사는 그들은 불붙인 링을 든 채, 달려드는 맹수들을 멀리 떼어놓으려 애쓰는 조련사들 같다. 그들은 우리와 동떨어져, 점점 다가오는 마지막 유한성에 밤낮으로 조금씩 길들어간다. 시간은 죽었다. 우리에게 생명을 준 부모로부터 그만 삶을 끝내고 싶다는 (정당한) 욕구를 들어야 하는 건 폭력이다. 동떨어져서 칸막이를 치고, 스스로 이미지 저장고가 되어, 옛날에 한 말들을 떠올리고, 단념의 목소리에 귀 기울이고, 대화라는 생각 자체를 버리지만, 모든 교류를 포기한 건 아니다. 아직 남아 있는 소소한 열매를 따고, 주울 수 있는 걸 줍고, 가지에 매달려 조금씩 쪼아 먹어본다. 그러다 문득, 마음을 사로잡는 아름다운 문장들이 며칠을 견디게 해준다. 그러면 어두운 생각에 빠졌던 걸 자책한다. 경기가 끝났다는 걸 알면서도 다시 믿음을 품어본다. 그러다 다시 시작된다. 의사의 말이 옳았을까? 당신은 그렇게 생각하지 않는다. 몸속에, 목구멍 깊숙이 도사린 무한한 슬픔이 어수룩한 저항과 뒤섞여 덮쳐온다. 달아나봤자 소용없다. 달아날 곳이 없다. 그날그날 살아가야 한다.

✳

"삶을 조금씩 살라—점심 또는 저녁보다 더 멀리는 보지 말라."

— 비트겐슈타인.

✳

나는 브리지트 퐁텐의 노래 〈금지prohibition〉를 듣고 또 듣는다.

나는 경로우대증을 내보였지
천박한 웃음을 흘리는
돼지들의 빈정거리는 눈길
세이렌 같은 나의 실루엣을 힐끔거려

나는 늙었고, 당신들은 엿이나 먹어라
잠자리옷을 입은
나는 늙어서 곧 죽네
한 가지 망각한 사실

사방천지에 금지
텔레비전에는 술천지
궐련 종이는 있어도 돈이 없어
그래서 공공장소에서 늙어가네

사방천지에 금지
말로는 간음을 써도
예순 살에는 성교가 금지
아니면 추문과 조롱

환자들은 금지되고
구덩이에 던져지네
거렁뱅이부터 부자까지
밀을 가져온다면 몰라도

늙은이들은 쐐기풀로 던져지고
망각의 성에 있는 요양원으로
그것이 바로 내일 나를 기다리는 것
행여 내가 길이라도 잃으면

나는 늙었고, 당신들은 엿이나 먹어라
잠자리옷을 입은 나는
늙어서 믿음도 법도 없으니
내가 죽는다면 기쁠 터.

에필로그

"인간과 죽음은 결코 만나지 못한다.
인간이 살았을 때는 죽음이 여기 없고,
죽음이 닥치면 인간이 없다."

—에피쿠로스

우리는 모두 언젠가 늙는다. 나는 이미 늙었다……. 젊었을 때는 결코 상상하지 못했다. 나는 늙기 전에 죽으리라 생각했다. 내가 보기에 죽을 수밖에 없다는 사실은 영원한 젊음과 짝을 이루었다. 그러다 나는 내가 기쁨도 동의도 없이 (주름진 피부, 생겨나는 검버섯, 점점 더 보여주고 싶지 않은 몸에 어떻게 기뻐할 수 있겠나) 노년에 '들어섰다'는 사실을 확인했고, 관찰했고, 깨달았다. 저항심만 치솟았다. 20년 전, 너무 늙게 되면 삶을 끝낼 생각이라고 내게 엄숙하게 통고한—다행히 이 협박을 실행에 옮기진 않았지만—엄마와는 반대로 나는 내 연령층에 더 관심을 기울이고, 일정한 나이를 넘어선 사람들을 가두는 이 낙인을 점점 더 추악하다고 생각하며 '적응하기' 시작했다. "우리는 풍요가 몇 살에 시작되는지 알지 못하듯이 몇 살에 노화가 시작되는지도 알지 못한다"라고 피에르 부르디외는 썼다. 그렇다, 하지만 나는 시작했다는 걸, 도달했다는 걸 안다. 그리고 사람들이 생각하는 나의 모습에서 나를 알아보지 못한다. 덜 빠르고, 덜 능률적이며, 사회에 덜 쓸모 있는 모습에서. 그렇다고 나를 '기억의 명사'로, 축적된 세월에 힘입어 비결이나 요리법들을 '아는' 사람으로 보는 건 아니다. 나는 내 나이를 내 존재의 감소로 보지 않고, 덜 성급한 활력으로 본다.

나는 노화의 '중립성'을 호소한다. 젊어지기에 무거울지 모를 과잉보호를 호소하는 게 아니라, 노화를 두려움과 경계심이 아니라 강하고 활동적인 가치로 여길 사회를 호소한다. 노화를 두려워하지 않고 갈망할 수 있기를 호소한다. 곳곳에서 노년에 가해지는 폭력, 우리 문명의 실패를 말해주는 기호인 폭력을 멈추길 호소한다. 나이를 만물들의 저수조로, 세상을 황량하게 비우기보다는 채울 가능성으로 간주하기를 호소한다. 삶을 바꾸기를, 어쨌든 산다는 것의 의미와 정의를 바꾸기를. 개인들의 운명을 그들의 최고 생산력과 결부해 으깨버리는 성과 중심의 경제적인 언어를 떠나 원천으로 돌아가기를, 매 순간 자신의 삶을 되찾기를 호소한다. 삶은 그저 저 자신만 바라고, 현재의 길을 우리에게 일러주니 말이다.

오늘날 노인은 옛날의 노인보다 덜 노인이다. 우리는 점점 더 잘 늙고, 더 안 늙는다. 이건 명백한 사실이다. 그렇다고 딱히 진리는 아니다. "아름다운 노년은 아무에게도 부담을 지우지 않는 노년이다"라고 아리스토텔레스는 말했다. 우리는 우리 자식들에게 우리의 육체적, 정신적 영락零落의 무게를 감내하게 하지 않을 작정이다. 우리는 더 나이 많은 친구들이 채택한 해결책들에 귀를 기울인다. 그들은 시니어를 위한 주거시설에 머물며 행복해 보이지만, 연령대로 분류되는 게 당연하지 않다고 말한다. 그 생각이 내게 더더욱 거슬리는 건, 유럽의 여러 나라에서 시도하는 세대 혼합이 젊은 사람들에게나 나이 든 사람에게나 최선의 해결책으로 보이기 때문이다. 앞에서 언급한 다른 나라들과 달리 프랑스에서는 아직 드물긴 해도, 어린이 놀이방과 결부된 양로원은 대단히 긍정적으로 보인다. 왜 시니어라는 이유로 분리를 받아들여야 하나? 풍요로운 사회만이 그 많은 노인을 수용할 수 있을 것이다. 사회는 성장의 결실을 모든 연령층에 공평하게 나눌 준비가 되어 있을까? 명백히 아니다. 노인들에게는 삶이 '날 것 그대로' 제시된다. 그들 노동의 결실과 모아둔 저축은—그럴 능력이 될 때—은퇴 이후의 시간을 사는 데 쓰인다. 그리고 그들이 적게 요구할수록, 더 나을 것이다. 노인들의 말은 적법성에 큰 타격을 입어 거의 들리지 않는다. 더구나 우리를 길들이려 하고, 때로는 심지어 우리를 침묵에 몰아넣으려 드는 지배적인 언어의 함정에 걸려들지 말아야 한다. "시니어와 노망든 늙은이의 관계는 난청과 귀머거리, 환경미화원과 청소부의 관계나 마찬가지다. 값비싼 양도다"라고, 레지스 드브레는 대단히 적절하게 말했다. 그 후, 이른바 노인학은 계속 성장하고 있다. 이제는 "성공한 노년"이니 "성공적으로 나이 들기"라는 말까지 들린다. 우리 삶의 마지막을 '관리'할 줄 아는 건 수준 높은 스포츠가 되었다. 도시에서 사는 서양의 부자들을 위한 대단히 값비싼 활동이다. 그들은 흉터 없고 특별한 특징 없는 신선한 몸, 살아 있는 몸, 사고 없고 손상 없이 세상의 합창에 맞춰 심장이 뛰는 몸을 간직하도록 요구받는다. 완벽한 건강에 대한 강박증은 병적인 요새가 되었다. 그곳에서 노화는 본질적으로 실망스러운 일이다. 그곳엔 노화도 고통도 죽음도 없다. 모든 찌꺼기를 제거한 순수한 현재의 즉각성은 인간 조건의 유한성을 부인하며 영원을 겨냥한다. 섹스에 대한 두려움은 지난 세기와 우리의 21세기 동안 점차 지워졌고, 죽음에 대한 두려움이 진짜 두려움이 된 건가? 이 두려움은 우리의 정신에 들어서서 가장 어두운 곳에 자리 잡고 틀어박힌 채 머문다. 침범되지 않고, 침범될 수 없는 상상 속에. 보편화된 치료 덕에 '죽지 않는 것들'이 낳은 혼잡함이 노화의 개념조차 사라지게 할까? 고통받고 서서히 꺼져가는 데 대한 혐오가 물질적 몸을 부각한다. 무한을 추구하고 불멸의 대용품을 약속하는 시장에서 몸은 새로운 수익을 창출하는 상품이 된다. 위험을 부담하지 않는 이 사회에서 죽지 않는 데 대한 보험은 언제쯤 나올까?

❋

나는 이 책을 끝내고 싶지 않다. 정의상 이 책은 끝이 없다. 각자 제 방식대로 이 책을 이어가는 건 각 독자의 몫이다. 우리는 모두 같은 여행에 초대되었고, 어떤 방식으로 끝을 만나게 될지는 아직 알지 못한다. 처음에 나는 이 책이 온갖 인용문과 문화적 설문을 잔뜩 실은 지적인 책이 되리라 생각했다. 그러다가 금세 이 작업이 사회적 투쟁이라는 걸 깨달았다. 보부아르가 50년 전에 출간한 『노년』에서 한 말은 조금도 늙지 않았다. "속임수를 그만두자. 우리 삶의 의미는 우리를 기다리는 미래에 달린 문제다. 우리는 우리가 누구인지 알지 못하며 앞으로 어떤 사람이 될지 알지 못한다. 저 늙은 남자, 저 늙은 여자, 그들에게서 우리를 알아보자. 우리의 인간 조건을 고스란히 받아들이길 원한다면 그래야 한다." 이 작업은 나 자신과의 투쟁이 걸린 문제이기도 했다. 달라지는 나를 바라보는 걸 받아들이는 문제. 그렇다고 타인들이 내가 달라진 걸 봐주기를 바라는 욕구는 없다. 우리는 자기 자신의 이미지로 산다. 나는 거의 40년 전부터 내가 사랑하는 사람과 함께 사는 행운을 누리고 있다. 우리는 서로 늙는 걸 보지 못한다. 나는 늙지 않는다. 아니 그보다는, 나에 대해 아직은 실제 나보다 훨씬 젊은 이미지를 지니고 있다. "노화는, 모든 현실 가운데, 우리가 살면서 가장 오랫동안 추상적

인 개념으로 간직하는 현실이다." 마르셀 프루스트는 이번에
도 옳다. 보부아르는 노년에 대한 파렴치한 정책을 고발했다.
그녀가 살았던 시절에 사람들은 지금만큼 늙도록 살지 않았
다. 이 몰이해, 이 침묵이 낳는 분노는 오늘날 더 크다. 노화
는 점점 더 질병이 되고 있고, 누구 한 사람 화내는 일 없이
조용히 민주적으로 '악마화'되고 있다. 노화는 가장 취약한
약자들에 대한 우리의 무관심을 폭로한다. 사실 노화는 가
장 불안정한 이들에게 더욱 힘든 체험이며, 여성들은 이 이
중의 소외를 최전선에서 겪고 있다. 노년은 불평등이 나날이
더 명백하게 드러나는 삶의 시기이다. 오직 특혜받은 이들만
이 행복한 노년을 누릴 수 있는데, 그런 이들은 한 줌밖에 되
지 않는다. 게다가 우리는 우리가 영위해온 직업에 따라 정
도의 차이를 두고 늙는다. 보부아르는 책 말미에서 묻는다.
"노년에 인간이 인간으로 남으려면 사회가 어떠해야 할까?"
그리고 대답한다. "인간이 인간으로 대접받을 수 있어야 한
다." 오늘날 노인들은 제3지대 시민들처럼 취급당한다. 아직
활동할 수 있으면 이런저런 단체들에서 용인하고, 받아주고,
보호해준다. 점차 그들을 '자연스러운' 환자들로 여긴다. 포
스트모던한 세상은 모든 질병을 대하듯이 이 질병도 없애려
고 애쓴다. 그러느라 어떤 대가를 치를까? 몇십 년 전부터 경
제 언어가 노년에 관한 담론을 매장해버렸다. 노년이 무용성
의 나이라고 거의 믿게 만들었다. 모든 극단적 비관론을 멀

리하고, 우리 삶을 자제한다는 잘못된 환상에 넘어가지 말고, 늙는 데 죄책감을 느끼지 말자……. 노화는 자석처럼 우리의 두려움과 강박증의 파편을 끌어당긴다.

자의식이 우리의 나이라는 단두대의 칼날에 상처 입는 일은 없어야 할 것이다. 사회는 나이라는 주제로 우리에게 제 권력의 메커니즘을 작동시킨다. 우리를 '살아 있게' 할 수도 있고, '죽게 내버려둘' 수도 있는 것이다. 이 권력을 1976년에 미셸 푸코는 생체 권력이라고 이름 붙였다. 푸코는 생명의 연장이 생체 정치를 조장하리라는 사실에 주목했다. 그에 따르면 우리 각자에게서 삶의 정보를, 생애 말기의 정보를, 또한 우리의 사는 방식과 '사는 방법'의 정보를 취해 활용할 것이다. "권력은 삶을 과대평가하고, 그 부침을, 결핍을, 삶의 끝으로서 죽음이 가하는 타격을 통제하려고 개입한다……. 권력이 좌지우지하는 건 죽음이 아니라 사망률이다." 푸코는 다른 많은 주제에 대해서도 그랬듯이 이 주제와 관련해서도 예지력을 드러냈다. 나이는 대단히 정치적인 주제이며, 나이를 고려하는 방식은 타인과 우리의 관계를 아주 잘 보여준다. 노년을 격리하는 사회적 유형流刑은 점점 덜 조심스러워지고 있다. 자신과 단절되고, 타인들과 단절되고, 세계와 단절된 노년은 회색 지대 같다. 그곳에 이르는 것도 유쾌하지 않지만 머물기는 더더욱 유쾌하지 않다. 우리는 모두 이 새로운 영역의 손님들이 될 것이다. 그곳에서 그럭저럭 잘 용인

되는 거주자들이 되지 않도록 분투하자. 어떤 이들이 우리에게 약속하는 초인적 완벽이라는 유령을 멀리하고, 취약하고 상처 입은 존재들을 칭송하고, 우리의 감각과 감정을 훈련하고, 삶의 한계를 내몰고 죽음을—잠정적으로—실패로 내몬다고 믿는 일부 의학의 홀리는 소리에 귀 기울이지 말고 우리의 유한성을 받아들이자. 기꺼이 돕는 사회 속에서 평온하게 살자.

*

몇 시간이고 목적 없이 거리를 걷고, 내가 좋아하는 책의 페이지들을 암기하고, 뒤돌아보지 않고 수평선을 향해 헤엄치고, 몸에 꼭 붙는 청바지를 입고, 계속 키높이 부츠를 신고, 커다란 귀고리를 걸 힘과 욕구를 나는 언제까지 가질까? 내 몸은 나를 어디까지 가게 해줄까? 내 기억은 어떻게 나를 배반하기 시작할까? 나는 시간의 흐름에 강박적으로 사로잡혀 있지는 않지만, 경계하고 있다. 아직은 '늙고 싶어 할' 행운을 누리고 있다. 늙는 건 수치도 아니고 특혜도 아니고, 지금으로선 잔잔한 날씨에 수문을 하나씩 건너는 일이다. 베아트리스는 두 달도 채 못 버티고 휩쓸려 떠났다. 앞으로 살게 될 노년에 대해 무척 흥미로워하며 말하곤 했는데. 카트린은 내가 마지막으로 보았을 때 정말 아름다웠다. 그녀가 심한 기침 때문에 응급으로 입원했다가 60세를 기념해 스스로에게 선물한 성형수술을 마치고 나오던 길에 만났다. 에마뉘엘은 사랑하는 사람과 행복한 날을 보내기 위해 브르타뉴 지역의 한 섬에 행복의 집을 마련해두었다. 그녀는 세상을 떠나기 3일 전에 병실에서 화장하고 머리도 매만지고 아주 아름다운 모습으로 친구들을 맞이했고, 내게 이렇게 말했다. "난 곧 떠날 거야. 조금 빠르지만. 아주 조금 빠르지만." 우리가 사라진 지인들 때문에 울 때 누구를 위해 우는 걸까? 조금은 우리 자신을 위해 운다. 더 훗날 우리 삶의 욕구는 어떻게 짜일까? 우리 삶은 어떤 희망을 품을까? 우리의 과거 모습을 그리워하고, 과거로 피신해봤자 소용없다. 우리가 더는 예전 같지 않다는 사실을 깨닫기란 어렵다. 시간은 우리를 가르치는 학교다, 라고 조앤 디디온은 말했다. "꽃들은 갈색으로 물들고, 지질구조판들은 움직이고, 해류들은 이동하고, 섬들은 사라진다." 나는 파란 하늘을 응시할 수 있기를, 낯선 언어를 배우고, 도서관에서 며칠이고 틀어박혀 지낼 수 있기를, 버려진 곡물 창고까지 이어지는 오솔길을 오를 수 있기를 바란다. 나는 이름들을 망각한다. 기억이 가물거리고—하지만 기억이 가물거리지 않는 사람이 누가 있을까?—, 손에는 검버섯이 있고, 눈가와 입가에는 주름이 있으며, 안경 없이는 뭘 읽을 수도 뭘 할 수도 없고, 내 눈엔 세상이 종종 흐릿한 장막 너머로 보이지만, 나는 여전히 여기 있다. 어쨌든 여전히. 정말 내가 늙는다는 사실을 생각지 않고 계속 살아가게 될까? 나는 내가 젊다고 생각하고 싶진 않지만, 사회가 내 나이를 이유로, 나를 나로 존재하게 해주는 자아의 지속성이라는 감정을 앗아가는 걸 원치 않는다. 내 삶에서 오랫동안, 나이 든 사람은 타인들이었다. 오늘날 나는 그 타인들의 일원이 되었다. 한 번도 그런 생각을 해보지 않았고, 심지어 꿈에서조차 그러지 못했다. 나는 세상에 대한 욕구를 간직하고, 매일 삶의 짠맛을 발견하고, 보부아르의 수준에 도달하려고 시도할 것이다. 보부아르는 이렇게 관찰했다. "나는 타인이 되었다. 그래도 여전히 나 자신으로 남는다."

감사의 말

이 책을 구상하고 쓰는 데 우정은 큰 힘이 되었다. 벗 에드가르 없이, 우아한 정신의 소유자 티에리 없이, 명민하고 냉소적인 지성인 모나 없이 이 작업을 계속해냈을지 모르겠다. 그들에게 진심으로 감사드린다.

이 책은 만남과 설문과 독서의 결실이다. 열정적이고 감동적인 여행이었다. 철학자이자 인류학자로, 『세상의 맛La Saveur du monde』『자아의 실종Disparaître de soi』『고통의 인류학Anthropologie de la douleur』 등 여러 저서의 저자이기도 한 다비드 르브르통과 나눈 대화 없이는 해내지 못했을 것이다. 아니 에르노는 나의 지적 동반자이자 내 삶을 이해하는 준거가 되어주었다.

조앤 디디온의 책들, 특히 『마법 같은 생각의 해』『푸른 밤』은 내 머리맡을 지켰고, 이 탐구의 감성적 뼈대가 되었다.

시몬 드 보부아르의 전 작품은 40년 넘도록 내게 양분이 되어주고 있는데, 우연히 『노년』을 다시 읽지 않았더라면 이 작업을 시작하지 못했을 것이다. 수전 손택은 『은유로서의 질병』과 『타인의 고통』으로 나를 끊임없는 성찰로 이끌었고, 내가 설문을 통해 경험한 것을 "정치화하도록" 도와주었다.

플로랑스 오브나에게도 감사의 말을 전하고 싶다. 그녀는 2017년 7월 18일 푸슈랑에 있는 오팔린 노인요양시설에서 발생한 간병인들의 파업과 저항에 관한 훌륭한 책을 출간해 성찰의 대상이 되지 못하던 이 사회문제에 대한 침묵의 결탁을 깨뜨렸다. 그녀는 조언으로 내게 큰 도움을 주었고, 일부 요양기관의 문을 열어주었으며, 과학자들과 의사들을 만나게 해주었다. 얼핏 듣기엔 기술적이고 건조하고 지루하리라 생각할 수 있을 나이 '전문가'들과의 만남도 많았다. 재미나고, 유쾌하고, 웃음 넘치는 사람들을 알게 되었고, 그들 덕에 힘이 났다. 그런 이들 가운데 올드업Old'Up의 대표 마리프랑수아즈 푸크도 있는데, 그녀는 시간도 에너지도 관용도 아낌없이 베풀어주었다. 의사이자 노인학 연구자이자 잔 칼망의 친구인 미셸 알라르의 학식과 유머 덕에 나는 나이 문제에서 앞으로 나아갈 수 있었다……. 고령의 활동가 아니 드 비비는 전염성 강한 열정으로 힘이 되어 주었다. 시간을 내주고 함께해준 자크 투봉과 미리암 엘 콤리에게도 고마움을 전하고 싶다.

몇몇 철학책도 행복하게 다시 읽었다—세네카, 스토아학파 철학자들, 칸트, 후설, 아렌트, 에마뉘엘 레비나스, 자크 데리다, 블라디미르 장켈레비치, 안 뒤푸르망텔의 모든 책과 클레르 마랭의 최근 텍스트들. 문학에서는 무엇보다 마르셀 프루스트, 특히 『잃어버린 시간을 찾아서』의 마지막 권, 필립 로스의 전 작품, 아니 에르노의 작품, 그리고 올리버 색스와 나탈리 사로트의 책들이 꼭 필요했다. 다큐멘터리와 픽션을 아울러 가와세 나오미의 영화들도 다시 보고, 아녜스 바르다와 베리만, 비스콘티, 고다르의 영화들도 다시 보았다.

최근에 이 주제를 다룬 책이 점점 늘어나고 있다. 그런 책들 가운데 노엘 샤틀레, 마리 드 엔젤, 크리스틴 조르디스, 파스칼 브뤼크네르, 에마뉘엘 히르슈에게 어찌 감사의 말을 전하지 않을 수 있을까.

많은 노인요양시설에서 나를 맞아주었다. 그 가운데 특히 파리 노인요양시설 대표 로미 라세르와, 간병인들, 간호사들, 세라의 부아발롱 노인요양시설 대표 코랄리 베니스에게도 고마움을 전한다.

기꺼이 퇴장을 생각할 때

죽음의 공포를 느꼈던 일이 지금도 생생히 기억난다. 아버지를 잃은 여섯 살 때가 아니라 중학교 때였다. 어느 날, 나는 한밤중에 잠이 깼고, 내 옆에는 엄마가 자고 있었다. 엄마는 자면서도 무척 피곤해 보였다. 별안간 공포가 엄습했다. 엄마가 죽으면 어쩌나 하는 두려움에 사로잡혀 나는 엄마 손을 꼭 잡고 이불을 뒤집어쓴 채 식은땀을 흘리며 벌벌 떨었다. 꼭 이불 밖에 죽음이 와 있는 것 같았고, 엄마의 손을 놓으면 안 될 것 같았다. 그날 이후로는 두 번 다시 그런 공포를 경험한 기억이 없다. 돌이켜 생각해보면, 그때 나는 지친 엄마의 모습에서 흘러간 시간을 문득 보았고, 그것이 죽음을 떠올리게 한 것 같았다. 그 뒤로 나는 틈틈이 엄마의 노화를 훔쳐보았고, 지금은 나의 노화를 관찰하고 있다.

삶은 후진 없는 여행길이다. 지나온 길을 돌아볼 수는 있지만, 돌아가서 다시 걸을 수는 없다. 그 길이 무한히 이어지지 않는다는 걸 우리는 알고 있지만, 짐짓 외면한다. 그러다

문득 길 끝이 가까워졌음을 깨닫거나 길 끝에 이르면 당황
한다. "노화는 눈이 내리듯이 별안간"(쥘 로맹) 닥치고, 그러면
우리는 "대화나 독서에 몰두하고 있다가 어느새 목적지에 와
있는 걸 깨달은 여행자처럼"(세네카) 허둥댄다.

　이 책은 노년과 죽음에 대해 말한다. 다시 말해 우리 모두
에 관한 이야기다. 이 책의 저자 로르 아들레르의 이력은 화
려하다 싶을 만큼 다채롭다. 저널리스트이자, 마르그리트 뒤
라스, 한나 아렌트, 시몬 베유, 프랑수아 미테랑 등 여러 인
물의 전기와 수많은 에세이와 대담집을 쓴 작가이며, 여러
출판사에서 총서를 맡아 기획한 편집인이고, 프랑수아 미테
랑 대통령 재임기에 문화 자문을 맡았으며, 텔레비전과 라디
오의 교양 방송 진행자이자 프로듀서로 활약한 바도 있고,
수준 높은 교양 라디오 채널인 '프랑스 퀼튀르'의 국장까지
지냈을 정도로 활동적이다. 〈일흔의 나이에 쓴 이 책에서 저
자는 직접 겪은 경험담과 보고 들은 증언들을 들려주고, 문
학작품들을 인용하기도 하고, 많은 사람의 삶을 실례로 들
며 노년이라는 주제를 다양한 각도로 깊이 있게 다룬다. 여
러 시대와 문화권과 분야를 넘나들며 철학자, 작가, 영화인,
무용가, 과학자 등 다양한 인물들의 이야기를 소개해, 마치
이 주제를 벗어날 사람이 없다는 걸 독자에게 입증이라도
하는 듯하다.〉 그래서 이 글도 저자의 이력처럼 다채롭다. 늙

음과 죽음이라는 주제를 문학적·철학적으로 접근하는 에세이로 읽히기도 하고, 저자가 자신과 친구들의 이야기를 털어놓는 개인적 고백으로 와닿기도 하고, 고령화사회의 문제점과 개선 방향을 진지하게 고심하는 사회적 진단으로 보이기도 한다.

늘는다는 건 분명 무언가를 자꾸만 잃어가는 일이다. 머리카락을 잃고, 치아를 잃고, 기억을 잃고, 청각을 잃고, 말을 잃고, 가까운 누군가를 잃으며 우리는 늙어간다. 그런가 하면, 이 책에 실린 여러 증언이 말해주듯이, 나이가 들어서야 얻어지는 것들도 있다. 청춘의 조급한 눈이 보지 못한 아름다움을 발견하는 섬세한 눈길, 온갖 사회적 요구와 속박을 초탈한 자유로움 같은 것들이다. 세네카는 우리가 노년에 겪는 상실을 오히려 은총이라 말한다. 상실 덕에 우리는 조금씩 잃는 데 익숙해져서 마침내 여행이 끝날 때는 마치 빠져야 할 치아가 저절로 빠지듯이 편안히 떠날 수 있게 된다는 것이다.

세르반테스는 생애 마지막 2년을 바쳐서 쓴 『페르실레스와 시히스문다의 모험』*을 자신의 최고작으로 꼽았고, 집필

* 우리나라에는 『사랑의 모험』(2000, 바다출판사)으로 번역 출간되었다.

을 끝내고는 이틀 뒤에 세상을 떠났다. 이 책의 서문에서 그는 이런 말로 세상에 작별을 고했다.

나의 삶은 끝나가고 있습니다. 내 맥박은 아무리 늦어도 이번 일요일에는 멈출 것이고, 그러면 내 삶도 멈출 겁니다. 참 어려운 순간에 귀하를 알게 되었군요. 귀하께서 내게 베푼 호의에 감사를 표할 시간이 남아 있지 않네요. (…) 안녕히들 계세요. 고맙습니다. 아름다운 말들도 안녕. 유쾌한 친구들도 안녕. 이제 나는 죽습니다. 다른 세상에서 즐거운 마음으로 그대들을 만나길 희망합니다.

이렇게 평온하고 유쾌한 작별 인사를 남기고 유유히 세상을 떠나는 것이야말로 누구라도 꿈꿀 만큼 우아한 퇴장이 아닐까.

이 책을 번역하는 동안 나는 많은 시간을 엄마 곁에서 보냈다. 병실에서 엄마가 잠든 사이에 무릎을 책상 삼아 작업하기도 했고, 엄마를 씻기고, 휠체어에 태워 산책하고, 엄마가 좋아하는 음식을 준비하고, 식사 후에 엄마의 틀니를 닦는 틈틈이 이 책을 읽고 옮겼다. 그래서 일흔의 저자가 들려주는 이야기가 내게는 친구가 함께 걸으며 들려주는 사적인 조언처럼 느껴졌다. 이 책과 더불어 나는 엄마의 여행이

곧 끝나간다는 걸 담담히 받아들일 수 있었다. 기억이 달아
나고, 걷기가 힘들어지고, 얼굴들이 낯설어지고, 더는 신호
를 보내지 않는 몸에 난감해하던 엄마는 다행히도 병원 생
활을 짧게 끝내고 집에서 편안히 아흔여섯 번째 해를 맞이
했고, 이제는 웃으며 딸의 손에 몸을 맡긴다. 이런 과정을 함
께한 이 책은 내게 그저 여러 번역 작업 중 하나가 아니라 엄
마와 함께한 특별한 시간으로 기억될 것이다. 엄마의 물건을
정리하다가 발견한 옛 편지들을 읽었던 기억, 엄마와 함께 바
닷가를 찾았던 기억, 병원에서 며칠을 보내고 기력을 회복한
엄마에게 펜을 건넸을 때 엄마가 'spring, spring, it is spring
now, winter is over!(봄, 봄, 이제 봄이야. 겨울은 끝났어!)'라고 써
서 감동했던 기억……. 훗날, 엄마가 떠나고 난 뒤, 이 책을
펼치면 곳곳에서 이 모든 기억을 만날 게 분명하다. 지금 엄
마는 많은 시간을 누워서 보내지만 아주 편안해 보인다. 이
제 나는 두려움 없이 퇴장을 생각한다. 엄마의 퇴장을, 그리
고 얼마 후가 될지 모르지만, 나의 퇴장을.

2022년 2월

백선희